BWV

Eckhard
Henscheid

Aus dem Leben der Heiligen

1. Auflage August 2018

Umschlaggestaltung und Innentypografie: Manfred Wilhelm
BÜRO WILHELM | www.buero-wilhelm.de
Druck und Bindung: CPI books GmbH, Leck, Germany
ISBN 978-3-943242-92-8

Anregungen, z.T. bis in den Wortlaut hinein, zu diesem Konvolut lieferten vor allem vier ältere und neuere Bücher:

1. Das Leben der Heiligen Gottes, Einsiedeln 1880;
2. Régine Pernoud, Die Heiligen im Mittelalter, Bergisch Gladbach 2004;
3. Reclams Lexikon der Heiligen und der biblischen Gestalten, Stuttgart 1968 ff.;
4. Jacobus de Voragine, Legenda Aurea, 1292/Zürich 1994 (verschiedene Ausgaben)

Eckhard
Henscheid

Aus dem Leben der Heiligen

Neue Legenden

BÜRO WILHELM VERLAG

Cyprian (Kirchenlehrer)

Cyprian wurde um das Jahr 200 zu Carthago, der dortmaligen Hauptstadt Nord-Afrikas, geboren, er war seinerzeit der hoffnungsvolle Sohn einer reichen Senatorsfamilie, mit einigem Glanz studiert er auf den gelehrten Schulen, wird 248 Priester und Nachfolger des von allen wohlgelittenen Bischofs Cäcilianus, der Cyprian schon anno 246 zum wahren Christentum bekehrt hat. In den laufenden Papststreitigkeiten tritt dieser auf die Seite des Papstes Cornelius. Durch die gottlose Christenverfolgung des Valerian (253-260) wird er, Cyprian, 257 nach Curubis verbannt, zurückgeholt und sodann endlich in Karthago (auch: Carthago) enthauptet. Auf dem Richtplatz aber gibt er dem Henker 5 Goldstücke, da dieser, so Cyprian, ihm ja das Himmelstor öffne.

Andere Quellen sprechen auch von 25 Goldstücken für den Scharfrichter (Das Leben der Heiligen Gottes, Benzinger & Co, Einsiedeln).

Jedenfalls verband sich jener Cyprian dann auch noch selber die Augen, neigte das Haupt, der Todesstreich fiel, und das Haupt des ersten afrikanischen Bischofs lag auf der Erde.

Ehrentag ist der 16.9.

Der heilige, ja hochheilige Cyprian war stets der Besten

einer, allzeit im Dienste und ewig im Genusse Gottes des Herrn. Sowie sein Gefäß immerdar. Da ließ er nichts anbrennen. Voll Salbung sah der gedeihliche Gott auf ihn und hörte ihm bei seinen flehentlichen Gebeten und Anrufungen ganz befriedigt und weitgehend zustimmend zu. Unter allen Ehrbezeugungen wurde Cyprianus eines schönen Tags die höchste Bischofswürde verliehen, und erst später ereilte ihn ein herrlicher Tod zu Rom oder anderswo. Kaum einer vermochte sich der Thränen zu erwehren. Denn siehe und merke auf: nur im Bußkleide liegt himmlische Weisheit und Wesenheit verborgen. Glücklich, wer da nicht am Stuhl der Pestilenz haftet. Gott, der ewige, ja allewigliche Vergelter in seiner Redlichkeit, führt den schon zu irdischen Lebzeiten Vergnadigten (Auskunft: Bischof Gföllner, Linz) bereits kurz nach seinem letzten Seufzer zum fortwährend ewigen Heile, dank der einwirkenden Gnade Mariä, der Jungfrau fein und zart.

So weide auch du meine Lämmer!

Postscriptum u. notabene: Nicht zu verwechseln ist dieser hl. Cyprian mit dem räudigen Zauberer Cyprian, welcher einst die schöne Jungfrau Justina aus Antiochia hereinzulegen begehrte, welche aber allen Heiratsversuchen widerstand, weil sie schon mit Christus verlobt war. Bald aber hatte dieser Cyprian ein Einsehen, ließ ab von ihr und wurde auch katholisch, ja sogar Diakon und am Ende auch noch Bischof.

Georgs Wohltaten

Der von Gott außerordentlich geschätzte Georg, aus Cappadocien gebürtig, war, während sonst selbst manche Päpste untereinander wetteiferten in Unsittlichkeit, Liederlichkeit und sogar simonistischer Gier, Feind aller Unsittigkeit, namentlich aber jener von Dioclet, der, ausgestattet mit schimpflichem Charakter und voll der oftmals gar knirschenden Wut, das Christentum vollständig zu vertilgen suchte. Mit verbissenem Ingrimm befahl er dem berühmten Zauberer Athanasius, Georg von seinem angestammten und ihm sehr lieben Christentum zu entfernen, welchem dieser in englischer Süßigkeit und im Zeichen der allg. Abtödtung verpflichtet und ergeben war; und er, Dioclet, knirschte sogar, wie bezeugt ward, mit den Zähnen dabei.

Was wunder, daß jener Dioklet, ein Kaiser, ehe er dann von Teufeln heimgeholt wurde, bald sogar daran ging und sich's nicht nehmen ließ, Georg nach dem Leben zu trachten, ihn auf ein Rad zu spannen und derart zu zerfleischen. Doch dieser, wiewohl am ganzen Leib zerrissen, überlebte alles gesund und putzmunter und wurde insofern daraufhin in ein Gefängnis geworfen. In der Nacht erschien ihm Christus Jesus, leckte seine Wunden, und Georg erschien anderentags wieder leidlich erholt vor jenem arglistigen Kaiser.

Gott vermag alles, sagt man. Ist es nicht so?

Georg immerhin wies alle Lästerungen des heidnischen und bösartigen Kaisers hohnlachend zurück, vertraute auch fernerhin auf die Allmacht und Güte seines, des wahren, Gottes; und gab an, daß er alle Kraft von dort oben her habe. Da verlangte der Kaiser voll neuer Arglist, daß er, Georg, dann insofern auch einen Todten auferwecken solle, denn er wollte Georg, um seiner ganz habhaft zu werden, um jeden Preis zum Abfall bringen und ihn dann sogar zum Mitkaiser machen und aufnehmen. Auch dieses Meisterstück gelang Georg, alsbald stand der Todte getrost wieder auf und warf sich Georg zu Füßen, und selbiger als ein wahrer Soldat Christi tödtete nunmehr jenen Drachen (Leviathan), der in Wahrheit der Teufel persönlich war und heulend davonstürzte. Dies beeindruckte schließlich auch die Kaiserin Alexandra, und beide, sie wie Georg, boten ihrer beider Haupt freudig Gott und sodann immerzu dankend dem Schwerte dar am 23.April 303 n. Chr.

Was wäre Europa ohne solche Heilige und Wohltäter? Bedenke dies und erwäge es sorglich.

Irgendwann wurde Georg von Calvinisten oder auch vielmehr von Pelagianern dann doch noch erschlagen, und ein späterer Papst versetzte ihn dann sogleich unter die Heiligen.

O wie wohltätig ist die göttliche Schöpfung, z.Hd. jetzt meist der heiligen Aemiliana!

Elias

Elias war der erste große schicksalkündende Prophet Israels und mühte sich rechtschaffen und voller Erfolg um die Aufrichtung des Glaubens gegen den eingedrungenen und tunlichst zurückzudrängenden Baalskult (s. 1. Kön. 17 ff. und 2. Kön. 1 ff.). Durch das Wort des Herrn verkündet er dem Propheten oder vielmehr König Ahab (gest. 854) Dürre und erhält selber die Weisung, an den Bach Krith zu ziehen und eine Witwe in Sarepta aufzusuchen.

Elias bleibt bei ihr; es vermehrt sich das Mehl im Kasten und das Öl im Krug. Als der Sohn erkrankt und stirbt, erweckt Elias ihn erneut zum Leben.

Ungefähr gleichzeitig wird Ahab von Elias aufgefordert, alles Volk auf dem Berg Carmel zu versammeln und ein Stieropfer vorzubereiten. Sein und der gleichfalls zuhandenen Baalspriester Opfer soll die Entscheidung über Gottes Wohlgefallen bringen. Da fällt Feuer vom Himmel auf den Altar des Elias, verzehrt Opfer, Holz und Steine und trocknet sogar das Wasser in der Grube.Und also läßt Elias die Baalspriester greifen und schlachten.

Viel später flieht Elias in die Wüste, legt sich unter einen Ginster (andre sprechen von Wacholder), wird von einem Engel geweckt und zweimal gespeist, dann aber fastet er, durch himmlische Speise ernährt, 40 Tage in einer Höhle des späterhin heiligen Berges Horeb (s. dort). Dem gegen all das sich allmählich Ereifernden und sogar mitunter Hadernden erscheint der Herr (Zebaoth) in Sturm, Erdbeben, Feuer und endlich aber in einem linden Sausen. Noch später schreitet Elias trockenen Fußes durch den Jordan, indem er das Wasser mit seinem Mantel teilt. Und endlich wird Elias vor den Augen eines gewissen (anderen!) Elisa auf einem feurigen Wagen im Wetter gegen den Himmel entrückt.

Elias war dann auch nach zuverlässiger u. übereinstimmender Meinung der letzte, der Gott dort eigenhändig geschaut hat.

Hl. Joseph, Gemahl

Es hieß, Joseph, der Gemahl Mariä, weil er von ihrer Einwilligung in den Antrag des Heiligen Geistes im Auftrage Gottes nichts wußte und sie, Mariam, aber nicht in üblen Ruf bringen wollte, sann darauf und gedachte sie klammheimlich zu verlassen. Als er aber mit dem Gedanken umging, siehe, da erschien ihm der Engel des Herrn im Schlafe und sprach: „Joseph, Sohn Davids, fürchte dich nicht, Maria, dein Weib, zu dir oder auch Dir zu nehmen; denn was in ihr erzeugt worden, das kommt pfeilgrad aus der Überschattung vom heiligen oder auch Heiligen Geiste." Dieser Engel war aber nach alter Überzeugung niemand anderer als der Erzengel Gabriel aus der Gruppe der Archangeli, welcher als Angelos (meint: Bote) wieder einmal unterwegs war und treu seines Amtes waltete, Maria und den hl. Joseph in seliger Freude zu vereinnahmen. Oder insofern wenigstens zu vereinen.

Gabriel wird deshalb in den zuständigen Kreisen auch Vertrauter genannt, hin und wieder auch Stärke Gottes. Er ist es, der nicht bloß Joseph im Traume erschien (Matth. 1,20), sondern auch Maria (Luk. 1,26) und den Hirten (Luk. 2,9) alles verkündete.

Thomas bewältigt eine Buhlerin

Der berühmte, ja weltbekannte Dominikanerer und nachmalige Kirchenlehrer Thomas von Aquin („doctor communis“ oder auch „angelicus“) wurde einstmals in einem Schloße gefangengehalten, er dankte Gott für die Gnade, zu seiner, Gottes, Ehre etwas leiden zu dürfen, und sehnte sich aber weiterhin sehr nach der Stille von Monte-Cassino (Italien). Da heckten zwei seiner Brüder im Verein mit dem Teufel einen neuen Plan aus. Sie führten ein schönes, in den Künsten der Schmeichelei erfahrenes Frauenzimmer zu dem Gefangenen in den Turm, auf daß es ihm zu Leibe rücke und ihm derart zusetze; und allerhand unsittliche Dinge mit ihm triebe. Thomas erbebte im innersten Mark, rief Christus und, als das nicht half, Maria zu Hilfe, riß ein brennendes Scheit aus dem Kamin, schlug mit aller Kraft auf die freche Versucherin los und zwang sie zur eiligen Flucht, so daß sie keinen zweiten Angriff mehr wagte. Dann zeichnete Thomas mit einer Kohle ein Kreuz an die Wand, kniete sogleich nieder und goß Angst und Freude, Dank und Bitte in heißem Gebete vor dem gütigen Herrn aus, bis er erschöpft einschlummerte. Da sah er im Traume zwei Engel im nahen Jerusalem am Kalvarienberg stehen, Satan in Schach zu halten und ihn in seinem Haß gegen das hl. Christentum zu hemmen, ja ganz zu ersättigen; so daß selbst ein Pfiffikus wie Satan (Satanas) endlich aufgeben mußte.

Der allzeit kampffertige Streit wider diesen war auch später in Fossanuova und sonstwo ein Lieblingsamt des Kirchenlehrers und überaus salbungsvollen Predigers, so daß Papst Urban der V. von Thomas als von einem „englischen Kirchenlehrer" sprechen konnte. Wieder einmal sollte er von einem frechen Weibsbild verführt und auf allerlei Abwege getrieben werden, ja einen jämmerlichen Tod erdulden sollen – allein in dieser Sache wie in allen anderen Trübsalen und Widerwärtigkeiten zeigte sich ihm Gott abermals in freundlicher Lieblichkeit ohne alle Säumnis. Der Herr war ihm stets und stetig gewogen, daran ist nicht zu rütteln und zu deuteln, und dräut uns Satan noch so sehr.

Auf seinem steinigen Weg zur strikten und zuweilen aber auch entzückten Verdemüthigung half Thomas meist auch die geistliche Lesung mit dem traulichen Besuche des allersüßesten Jesus im Tabernackel auf die wohltuendste Weise.

Wider das allg. Gottlosentum hilft, um sich seiner zu erwehren, sowohl dieses als auch das dreimal Ave Maria.

Ehre sei Gott i. d. Höhe!

Ungetheilte Dienste zugunsten von Gott verrichtete vordem alle Zeit und wider die neblichte Geschwätzigkeit und allg. Leichtfertigkeit der Hl. Sebastian von Appariz (bei Mexiko). Er, ein ehemaliger Viehhirt gleich David, kämpfte, gestützt von Gottes geharnischter Güte, praktisch zeitlebens wider den Widersacher (i.e. den Fürsten der Welt, s. Joh. 16,11) und lebte dabei zu des Teufels Neid in seiner eigenen hingegebenen „Gottseligkeit“ (Papst Leo), welche ihn jenes Satanas ungebührliche Fallen und Finten, gestellt seinerzeit voller Hochmut und Mißgunst, allzeit mühelos überdauern hieß u. ließ und die vorerwähnte Gottseligkeit mit glühendem Eifer sogar noch vermehrte, Gott zum immerdaren Genuß und im Grunde auch hochverdienten Preise u. immerdaren Gruße obendrein.

Um nämlich Gott derart Genüge zu leisten und seine Gebote so strikt wie stramm zu befolgen auch. Soweit dies. Sein, Sebastians, sittigender Einfluß war wie ein ohne Unterlaß unerbittlich brüllender Löwe, der da, wie bekannt, stöhnend und ächzend gegen die Heiden schäumt und sich entsprechend ereifert und darwider stemmt, um Gott nicht vorzeitig zu vergrämen. Späterhin wurde S. seinem Christo auch immer heftiger einverleibt. Ehe er dann doch noch entschlief (circa 1600 oder auch etwas früher).

In seiner knäbischen Jugend erlag jener Jesus gegenüber verschiedentlich der schweren Sünde des Gottesraubs (i.e. Hl. Kommunion ohne Beichte und Wohlmeinung). Späterfort allerdings zeigte und erzeigte er dann wehklagend sodann sehr wundersame Reue über dieses sein sowohl luderhaftes wie lasterhaftes Leben und Treiben. Und er wahrte gegen alle weiteren Bestürmungen die Gnade zugunsten der himmlischen Ruhe etcetera. Bei gehörigem Fleiße ohne weiteren Fehltritt gelang ihm zum Schaden Satans die Wiedererstattung unseres allgemeinen u. wahren Glaubens. Samt Wiederaufrichtung des wahren Kreuzes. Auch.

Eines Tages wurde er allerdings pestkrank und mußte deshalb in einer abgesonderten Hütte liegen, wo niemand ihn besuchen kommen durfte. Hier fand er im Gebete übersüßen Trost und dergleichen mehr. Eines andern Tages brach ein Wolf in die Kajüte oder immerhin Hütte ein, kratzte ihm die Pestbeulen auf, sog u. saugte treulich den giftigen Eiter aus, leckte säuberlich die Wunden rein und ließ ihn, Sebastian, ohnmächtig liegen. Am andern Morgen eilte dieser vollständig gesund mit Hilfe der göttlichen Vorsehung wieder hinaus ins Freie, späterhin auch in die Arme seiner lb. Eltern in Salamanca.

Weil der selige Sebastian seinen Pflicht- und Ehrentag ausgerechnet am 29. Februar hat, ebendeshalb kann er nur alle vier Jahre als Seliger und werweiß auch bald Heiliger bedacht und hochgeehrt werden.

O Ewigkeit, du Donnerwort! Und gleichwohl spielet und buhlet u. prasset ihr und treibt bloß Kurzweil, daß Gott erbarm und einer alten Sau graust. Gott lacht unser in seinem Himmel. Gebetserhörungen zugunsten der Kranken und – wie Sebastian – anderweitig Bresthaften werden angenommen bei Anni Fellner, In der Schwemm 2.

Denn merke wohl: „Ein menschliches Wesen besteht teils aus Feuer, teils aus minderer Erde." So die Schrift im Verbund mit der Würzburg-Ochsenfurter Bruderschaft zu Ehren der sieben Schmerzen (Drittorden usf.).

Seid nüchtern und wachsam.

Bischof Ambrosius

Wer Augen hat zu hören und zu sehen, der wird seitwärts Augustinus füglich auch Ambrosius (gest. 397) als einen obersten Kirchenlehrherrn und Gottesfürsten anerkennen und als einen schon im Übermaß gleißenden Heiligen höchst zu schätzen wissen, einen unerschütterlichen Leuchtturm unserer christkatholischen Frömmigkeit und Wissenschaft in stetem Gebet und im Kampfe gegen die giftvollen und im tiefsten Grunde saudummen Arianer. Einzigartig einleuchtend auch: Ambrosius wurde zuerst einmal Bischof (7.12.374), dann erst getauft!

Ein wahrhaft einmaliges Wunder!

Und zumal genau einen Tag vor Mariä Empfängnis.

Und auch war Ambrosius ein recht guter Hymnendichter. Zum Beisp.: „Der Abglanz von des Vaters Pracht / Der uns das Licht vom Licht gebracht…“

Und so fortan.

Über die hohe Süssigkeit

„Arm zu sein ist etwas Süßes!" So steht es in der katholischen Bibel, und so sagte es auch schon zu unserer Beeiferung der hl. Paschalis Baylon, welcher seinerzeit und vielfach bekümmerlich im spanischen Aragonien von armen, aber immerhin gottesfürchtigen Eltern geboren wurde und erstand. Weil sie das Schulgeld für den lerngierigen Knaben nicht zu erstatten vermochten, half sich dieser auf sinnreiche Weise selber. Er verlegte sich aufs Schafhüten, nahm dabei aber seinen Katechismus mit, scherte sich nicht weiter drum und bat diesen und jenen Vorübergehenden, ihn diese Buchstaben zu Gottes vielfach widerhallendem laus perennis zu lehren.

Womit er gar nicht gerechnet hatte: So hatte der spätere hl. Paschalis bei der Güte Gottes angeklopft und seine Zuchtrute klug gemieden. So kam alles zusammen und nahm seinen geruhsamen und aufs erbaulichste ersprießlichen Anfang.

Gott hatte dann an ihm auch wie an sich selber das allergrößte Wohlgefallen und ruhte nicht eher, ehe er die Ehe correcta corrigenda die Nestorianer und anderes zweifelhaftes Gelichter, die (Gott weiß es) schon allzu Boshaften und Widerspenstigen u. Ungezogenen (s. 7. Dezember 558) ausgerottet hatte und damit sogleich zum Papst geeilt war.

Wer vermag das Weh zu schildern, das die Nestorianer damals mit der Bitte um allfällige Züchtigung oder wenigstens Aufschub vielfach da oder dort böslich anheimfiel oder doch vielmehr vielleicht heimholte. Gott war es nicht eher zufrieden, als bis das alles erledigt war.

Sobald aber dann Paschalis einmal unter schwerer Betrübnis litt und eventuell auch rechtens zu leiden hatte und dabei schauderhafte Dinge ausstand, so versicherte ihn doch – bedenke es wohl! - unser theurer und treuer Herr, Herr über die Christenheit und mithin auch zugunsten der Bedürftigen und sonst Saumseligen, der Erwartung eines erbaulichen Todes voller bedachtsamer Eifernis und seliger Vergewisserung, ihm, Gott selbst, glatterdings zur Erquickung. Wider die entehrende Schmach der Heuchler und Meuchler und Meuchelmörder verwandte oder auch verwendete sich Paschalis in der Folge und excommunicierte jene; Irrlehrer und andere Scheusale wie die Arianer, die Hugenotten, Luther und die Priscilliaristen (Vorläufer von Voltaire und anderen soweit bekannten Teufeln) wies er vorderhand zurecht und ermahnte sie unverzüglich: „Thut Buße!“ rief er ihnen zu, voller vertraulicher Gottesseligkeit und Treuherzigkeit und ganz im Sinne der Zisterzienser und Karl Martells, welcher zuvor schon die Araber kraftvoll aufs Haupt geschlagen hatte.

So daß der Reconquista bald (1492) nichts mehr im Wege stand. Groß war da die Fackel der Freude allerorten.

„Bruder Esel“, so nannte derweil Paschalis in der Folge

vom hl. Franz („Franziskus“) seinen eigenen Leib, durch einen Hörfehler wurde späterhin „Peter Hindelang“ draus; so wie aus dem korrekten Häretiker nachdem das aber gleichfalls gültige „Ketzer“ entstanden u. geworden war, jawohl.

In seiner angesagten Todesstunde wandte sich Paschalis dann, um all dem beizukommen, an die erfreuliche Jungfrau Maria und bat sie flehentlich, ihm doch für einen Augenblick ihr kleines Jesuskindlein zu reichen und darzureichen. So geschah es. Maria reichte und gewährte ihm die Bitte und langte unseren vormaligen Erlöser zu Paschalis hinüber. Dieser drückte das Kindlein alsbald ans Herz, bedeckte es mit heißen Liebesthränen und reichte es alsgleich der erfreuten Mutter unversehens u. unversehrt zurück. So daß alles seinen Fortgang nehmen konnte. „Wie lieblich sind deine Wohnungen“ (Ps. 84).

Papst Innozenz aber nahm sich ein Herz und erkieste diesen 1592 endlich Gestorbenen schon keine 104 Jahre später ohne weiteres zum Heiligen ehrenhalber i.e. honoris causa. Und nahm ihn in sein damals bereits recht stattliches Verzeichnis der Heiligen auf.

Fünf Heilige

Schon um 1903 war es, da kümmerten sich die Vincenz-Vereine um die Caritas im herkömmlichen Sinn, die Bonifatius-Vereine um die Diaspora, die Augustinus-Vereine um die Presse, die Borromäusvereine um die Kontrolle des christkatholischen Literaturmarktes und die Michaelsbruderschaften um die Unterstützung der unterschiedlichen Päpste (s. H.U. Wehler, Deutsche Gesellschaftsgeschichte III, S. 1188). So ging damals alles seinen Gang.

Don Juan d'Austria

Leidergottes bis zum heutigen Tag noch nicht ganz heiliggesprochen ist ein christlicher Vorkämpfer, der wie kaum ein anderer das Reich stützte wo nicht rettete, da nämlich, als (um auf deine neugierige Frage zu antworten) die christliche Flotte am 7. Oktober 1571 bei Lepanto mitten im Mittelmeer auf die türkische in ihrer zahlenmäßigen Übermacht (4:1) und in ihrem tollen Ingrimm gegen unseren katholischen Gott stieß; um diese dann aber unter der Stabführung von Admiral Don Juan d'Austria (auch: Johann von Österreich) nach harten Gefechten und Einsätzen wohl definitiv und ein für allemal zu versenken und gottlob vollends zu vernichten bis zum Jüngsten Tag gemäß der Schrift.

Und so das christliche Rom vor den ungläubigen Türken und Hunnen und dergl. Räudigen zu erretten und aus mancherlei Verlegenheiten zu salvieren am Tag des Zorns und der Rache, so wie später mal der Menschensohn aufräumen wird; wie Bismarck mit den Polen, den von ihm sogenannten Trichinen.

Warum Rom diesen Mann nicht als Heiligen aufführt, mag damit zusammenhängen und sein Bewenden haben, daß es der uneheliche Sohn von Kaiser Karl V. ist und der Regensburger Bürgerstochter und Schnalle Barbara Blomberg, und nämlich in einer freien Minute beim Immerwährenden Reichstag gezeugt wurde. Don Juan ist mithin der Stiefbruder von Philipp II. und der Stiefonkel von Don Carlos, welche wir vom Schiller her beide gut kennen. Und Rom sollte also ein Einsehen haben und jenen Türkenvertilger baldigst nachnominieren.

Bei einem anderen Heiligen machte Rom dagegen wenig Federles. Bei ihm waren im Lauf seines Lebens an die 850 Wunder zusammengekommen und beglaubigt worden; 200 000 Ketzer (Arianer, Hugenotten usf.) wurden gleichfalls belehrt, bekehrt und abgetan. Seine Freude darüber war groß wie seine Liebe und innige Andacht zur heiligen Jungfrau Maria u. dergleichen mehr. Jede freie Minute verwendete er, um vor dem Tabernakel sein Opfer des Dankes, der Abbitte und sogar der Fürbitte mit dem göttlichen Herzen Jesusens zu vereinen und zu vereinheitlichen. Der Tabernakel (auch: Tabernackel) war bald sein ständiger Magnet. Und seine Freude von daher groß, als der Arzt jene Krankheit, die ihn um sein 52. bis 53. Lebensjahr herum befiel, für eine tödtliche erklärte, und er dankte ihm herzlich für diese trostvolle Ankündigung. Und er weigerte sich nicht länger. Am heiligen Pfingstsonntag um das Hochamt um 10 Uhr herum war es dann so weit. Die Heiligsprechung vollzog infolgedessen der damalige Papst Alexander im Jahr 1690 ohne weiteres.

Und ab die Post!

Ein süßes Geheimnis (vergleiche auch Joh. 1,37 u. ff.) birgt namentlich die Kapelle oder vielmehr Kirche Sankt Andrea delle Valle zu Rom. Gegründet einstens und weit vor Christi Geburt, soll dieser machtvolle Gottesbau mancherlei Gebeine enthalten; am Beginne wie am Schlusse jedes nominell zugelassenen Meßdienstes mitsamt Te Deum wird dessen häufig gedacht.

Wider die sehr widerwärtige Macht der Hölle steht so beflissen wie treulich ein eine Vielzahl von Seitenaltären, gerichtet gegen Heiden, Höllenknechte und andere Böslinge wie Attila, Scarpia und seine Sbirren sowie allen voran wider den grimmvollen Wütherich Nero, dessen Tage aber schon gezählt sind. Christusens freiwillige Armut im Tabernakel trotzt ihm und all den anderen. Denke dran und handle darnach!

Gestaltet ist diese römische Kirche von der Hl. Maddalena und ihr ganz anheimgestellt. Sie, obschon da und dort nur „die Sünderin“ geheißen, weil sie vormals schon gar zu viele Männer berückte, ist heutigentags vergleichbar nur und bloß der Hl. Adelheid (gest. 999, also kurz vor dem Ziele), sie ist wie diese gleichsam Braut Christi und mithin Schwiegertochter Gottvaters. Reumütig war sie und allzeit ihrer zahlreichen ehedemen Sünden inne, im

Sinne der apostolischen Gutheißung mit vielerlei Anlässen oder vielmehr immerhin Ablässen zugunsten der seligen Maria Dolorosa, gest. 1290 durch das ganz und gar sittenlose Henkersbeil; sowie ganz ähnlich der hl. Jungfrau Praxedis, welche unter Mark Aurel zum gediegenen oder vielleicht auch gedeihlichen Einsatz kam.

Noch vorher und zuvor aber führte jene Maddalena nach göttlichem Wunsche ein beherzigenswertes Leben und lebte sogar als Gründerin der großen Stadt Marseille dahin, um derart dereinst erhörungswürdig vor dem köstlichen Throne ihres Stammvaters (Gott) zu erscheinen, ohne zu Schanden zu werden. Irgendwann verstarb sie dann auch und wurde tatsächlich sofort und unfehlbar ins Reich aufgenommen.

Man beachte ferner: In Demuth die Tugenden des heiligsten Erlösers mit den Gefühlen deines Herzens dem himmlischen Vater aufzuopfern ist als Opfer gerade so viel werth wie das des Hl. Arkadius, der sein Leben mit oder auch für Christus hingegeben hat, wie man hört. Während dir bei der Arbeit der Schweiß von der Stirne tropft, kannst du gleichzeitig die Leiden betrachten, welche der dabei auch noch böslich geschmähte Jesus Christus von der Krönung seines Hauptes mit Dornen bis zur Nagelwunde an den Fueßen im Uebermaße gelitten, und diese Qualen des hochgebenedeiten Menschensohnes mit den Mühsalen deines Lebens vereint, dem himmlischen Vater aufzuopfern.

Genannter Maddalena (auch: Magdalena) aber gewährte Gott gnädig noch eine stattliche Zahl von Jahren Gnadenfrist. Ehe er sich dann doch entschloß, sie abzurufen und ultimativ heimzuholen. Sie starb eines schönen Todes durch das Siechbett. Aber ohne Schwertstreich immerhin doch. R.i.p.

Alles über die hl. Opportuna

Die heilige Opportuna (gest. 22.4. 770), zu Seez in der Normandie aus königlichem Geblüt entsprossen, hatte schon als kleines Kind einen großen Eifer zum Gebete und eine gar zärtliche Liebe zu Jesus und Maria und sie diente diesen dreien und trotzte ihnen jede freie Minute ab und sparte ihnen Zeit und huldigte ihnen inbrünstig ohne jeden Unterlaß. Sie blühte sodann auf zu wundersamer Liebreizendheit, der Lilienschein der Unschuld glänzte auf ihrer geistreichen Stirne, die Gluth heiliger Liebesentzückung hauchte auf ihr Angesicht ein sanfftes Roth, aus ihren ungemein blauen Augen leuchtete theilnehmende Herzensgüthe, das schöne Ebenmaß ihrer Körpergestalt vollendete ihre Reize; sie war die Perle des gesamten Landes. Ihre Schultern waren wie Rehzwillinge und ihr hl. Busen leuchtete in allen Farben wie ein Regenbogen, desgleichen schillerte ihr Augenpaar herrlich wie am jüngsten oder vielmehr ersten Tag, sobald Thränen wie Perlenschnüre aus jenem strömten oder auch nur gar emsig sickerten. War ihr Mund wie ein feuriger Liebeskelch, so ihre Wangen beidseitig wie Rosenblüthen sowohl als mit Würd‘ und Hoheit angetan in zumal brünstigem Gebete sonder Zahl und Wiederkehr. Dabei glänzten ihre Wimpern links wie rechts gleich Gänse- oder auch Pfauenfedern fein, ihre Lippen allerdings waren von himmlischem Lichterglanz und Wohlgeruch erfüllt wie sonst keine im weiten Erdenkreise und voller Purpur gleich dem Morgenrot selber sowohl als ein Tummelplatz der sänfthigendsthen Reinheithh. So war jene, welche naturgemäß die edelsten Söhne der weiteren Umgebung, besessen vom unersätzlichen berichtige: vom unersättlichen Geist oder vielmehr Ungeist der Wollust vulgo Unzucht, für sich zu gewinnen suchten mit vielerlei Schandtaten und ungeziemlichen Machenschaften und, ein Bösewicht und Frevler und Filou und Teufelsbraten nach dem anderen, ausharrend alles darein setzten, jene heimzuholen und dergleichen zu vermögen und es also letztlich doch noch gelingen zu lassen.

Allein, sie, Opportuna, wollte nur, wie vordem Justina, Jesus und Maria zum Bräutigam haben; so daß alles umsonst war.

Die heilige Clotilde (Burgund)

O der zarten Aufmerksamkeit Gottes!

Mit wie wehmütiger Freude gewahrt der gläubige Christ an oftmals steiniger Halde das ziere Frühlingsveilchen, wie es unter den manchesmal starren Armen des Schwarzdorn blüht und seinen nicht selten lieblichen Duft aushaucht. Eine gleiche Stimmung erfaßt sein und unser Herz, wenn er resp. wir die heilige Clotilde, dieses Frühlingsveilchen des Christentums und der gesamten Christenheit, betrachtet oder auch betrachten. Sie war einstmals Königstochter von Burgund. Schon als unmündiges Kind war sie überaus schön, obwohl der Boden steinig, auf dem sie gemäß der Legenda aurea (2.Teil) als mitleidwürdige Waise ihre Jugend verlebte, dem Schwarzdorn in ihrer fluchwürdigen arianischen Umgebung gleich oder doch verhältnismäßig ähnlich.

Bestens unterrichtet im heiligen Glauben bewahrte sie desto jungfräulicher ihre Makellosigkeit – oder auch makelloser ihre Jungfräulichkeit – als ihr Heil, unter steter und stetiger Meidung des eitlen Vergnügens und der damit unlöslich verbundenen Verfehlungen des Geschlechterverkehrs, und dies sogar gerne und unter Abtödtung aller Lüste zugunsten der Reinigkeit der Seele im Verein mit ihrem (ohne daß der Druck erröten möge) ausnehmend schönen und kitzeligen Leib die Zierde von ganz Burgund, weithin leuchtete ihr Glanz u. Glaube in sehr seltener Tugend inmitten der Jugend, bei inbrünstigem Gebete wider alle Verseuchung und Versuchung. Ihr, Clotildens, Verlangen ging vielmehr danach, ihr Volk und alle samtundsonders für Jesus zu gewinnen, bei gewissenhafter Pünktlichkeit und Erfüllung aller ihrer religiösen Pflichten ohne jedwede Fahrlässigkeit.

Dabei zeigte sie eine herzliche Milde. Gewinnende Herablassung war ihr ebenso vertraut wie Feindschaft gegen Christum und sein Christentum ihr alles in allem fremd. Es bestürmte Clotilde dabei unablässig die Barmherzigkeit Gottes, des Höchsten, und jede sich bietende Gelegenheit nutzte sie, ihn in im allgemeinen beredten Worten als die Schönheit und Göttlichkeit des gesamtheitlichen Christentumes vorzustellen; so auch beim Abschied von Chlodwig, der in die Schlacht mußte. Voll des Dankes heiligte Clotilde ihren Stand durch Zurückgezogenheit, Witwenschaft, Gebet und Almosen. Und natürlich Fasten. Immer wieder Fasten. Die Flamme des Hasses zu löschen galt es aus der Überfülle des Herzens heraus. So geschah es, daß Clotilde alsbald ihren höchsten Wunsch erfüllt sah und sich in dem Gedanken wiederfand, der all ihr langes Leben sie begleitet hatte, ihr zum immerwährenden Heile. Es gibt keine gewissere Wahrheit als diese, daß der Eine Gott in drei Personen unser aller Vater ist. Nämlich: Gott ist unser wirklicher Vater, weil Er uns erschaffen hat. Daran gibt es bis heute nichts zu deuteln noch gar zu rütteln.

Gott kann, wenn er nur will, auch die Spinne in eine rüstige Biene verwandeln, die im Fortgang sogar den giftigen Eisenhut zu verzehren vermag, ohne groß Schaden zu nehmen. So Clotilde, welche, ehe sie entseelt entschlief, wie einstmals unser aller Mutter Maria, genau vielleicht 63 Jahre alt wurde; was kraft mancherlei Beschlüsse auf dem Generalkapitel 1588 durchgezwängt und z. T. durchgewürgt worden war.

Der hl. Leander, Kirchenlehrer

Ein heroischer Charakter, schon vom Vater her. Ihm unterlag zuerst die Obsorge. Schon früh stand der hl. Leander im Rufe der Heiligkeit und Umsicht. Und bestätigte beides mit aller Gewalt. Wie seine Brüder Isidor und Fulgentius genoß er eine treffliche Erziehung, vornehmlich hinsichtlich der widerwärtigen Arianer und gegen deren von Beelzebub herrührende gottverdammte und stets zu rügende Ermittlungslehre gegen Christum von Nazareth.

Welche den Leander der Ketzerei bezichtigte.

Domine, quo vadis? Tatsächlich wurde das alles später, als man genauere Auskunft begehrte, vollkommen und vollständig widerlegt.

L. unterrichtete alle, welche zu ihm kamen; mit bestem Erfolge wies er, geboren von reinlichen Eltern und Gott zur Freude, ihnen den Weg zu einem beschaulichen Leben. Ganz geläutert ging dann so mancher von hinnen und endlich wieder heim. Dieses galt es zu beherzigen. Im Sachsinne nämlich der heiligmachenden sowohl als auch der helfenden Gnade ohne Zahl.

Du gütiger u. barmherziger u. auch dreieiniger Gott, mach, daß ich durch die Fürbitte deines Herrn Sohnes, des hl. Leander und auch des heiligen Felix mit rechtem Kindersinne und auch weiters und fernerhin dir vertraue, so gut es gehen mag. Habe auch du, Leser, ausreichendes Gottvertrauen!

Es tut dem Himml. Vater gut, wenn man ihm vertraut und namentlich wenn und sobald sich einer für ihn opfert. Und derart tugendreich also sich erweist und ihm wohlgefällig ist.

So ist das und nicht anderst.

Wider die Ketzerei und Lügen sogar aus Kreisen der Seinen (Käßmann!) gilt es Gott als unseren Mann unanfechtbar hochzuhalten. Und ihm als dem dreipersönlichen Gotte zu dienen und stets zu willfahren ihm. Von den überaus satanischen Protestanten beeifert und sodann auch begeifert, gilt es im trauten Verein mit Petrus Canisius d.Ä. Gott mit Anstand weiterhin walten zu heißen und zu lassen desgleichen. Der hl. Leander allerdings walte und verwalte ohne Säumen derweil schon unsere heilsamen Seelen. Ihm unterstehen wir allezeit, wenn und sobald Satan uns ärgert. Entsprechendes gilt für Beelzebub.

Leander aber, wie erwähnt, verrichtete seinerzeit ebenso herrliche wie beharrliche Buße. Die Lobenswürdigkeit dieses Heiligen und seiner, traun, ehrbaren Witwe sei uns im Verein mit dem würdigen Bräutigam Jesus und den unterfränkischen Sodalen die jederzeitige und allzeitige Verheißung. Nicht ist wider Gott zu hadern fortan.

Leander wiederum, ehe er dann verblich, führte ein Leben ganz in der Bewahrung der Tunlichkeit. 597 wurde ihm von Gott der Lohn ausbezahlt.

Ihm gebührt die Ehre.

Die hl. Rita

Die hl. Rita wurde zeitlebens oftmals in der Würzburger Gegend gesehen und dort auch wirksam. Der St. Rita-Meßbund des Augustinerklosters Würzburg steht noch heute für sie ein. Wer es gut mit ihr meint, hat mit tausend Jahren Ablaßversprechen zu rechnen. Vor allem in Maria Buchen und Lohr.

In Würzburg dagegen hören wir auch und gerade heute vom neuerlichen Aufblühen der Rosenkranzbruderschaften durch erhaltene Verbündnisse für die Marienkapelle, wohlweislich gedruckt in den Jahren 1873 und 1879 mit Verzeichnis der „Paktisten" z.Hd. Prof. H. Brunner, Dachziegelstr. 2, im Bedarfsfalle 2 x klopfen. Denn merke und präge es dir ein: „Wer anklopft, dem wird auch geöffnet" (Lk 11,1 usf.).

Möge dies Gebet niemals vergessen gehen!

Hoch lebe Abt Pochimus!

Mehr ein kleiner Heiliger war der hl. Abt Pochimus (gest. 348 vor Chr., berichtige: nach Chr.), genannt auch Gotttreu mit drei t; meint: Trinitas, Treue, Tuberkel. Er entstammte einst aus Oberägypten, geboren hingegen wurde er von heidnischen und späterhin jedoch gleichfalls katholischen und gottsinnigen meint: gottseligen Herren Eltern.

Im Lauf der Zeit entfesselte berichtige sofort: errichtete er 8 Klöster mit insgesamt gut und gerne 7000 Brüdern, welche er ins Leben zu rufen vermochte, alle in Demut einander strikt verbunden und den tückestarken arianischen Vandalen unter Geiserich durchaus feind; dem Christenthume aber auf Gedeih und Verderb wohlgesonnen und getreu.

Er, Pochimus, au fond kein Kostverächter, dann aber noch rechtzeitig geläutert, zog seinerzeit ebenfalls so manchen Balken aus den Augen und es gelang ihm auch, so manches zu bemänteln (Anm. Eckh. H.: Was aber denn nun?), all dies in der wohllöblichen Tradition des Nikolaus von Flüe, im Volksmund als „Bruder Klaus“ gerufen und erhöht, welcher auch kaum je ruhte. Gott schätzte sich allzeit glücklich, diesen hohen Heiligen zu haben, um die gierig geifernden Wölfe ringsum desto leichter mit sicherer Hand abzuwehren und zu bewältigen, um es ihnen heimzuzahlen und überzustreichen. Und sie endlich schachmatt zu setzen. Und notfalls auch wiederum noch einmal gegen die Türken zu rüsten im Sinne der Offenbarung sowie uns allen zum Heil.

Später wurde nach ihm, N. v. Flüe, auch sogar ein noch heute thätiger Gebirgspaß benannt und hochverehrt gewürdigt. Zahlreiche Pilgerzüge wallen bis in unsere heutig derzeitige Gegenwart unbehelligt über jenen hinüber und dann wieder herüber, wenn es Zeit ist; zur Erbauung und Beehrung unseres allerliebenswürdigsten Herrn Gottes allesamt und immerdar.

Allerdings eigentlich hieß der Vorgewürdigte gar nicht Pochimus, sondern dies geht auf einen fast teuflischen Abschreibfehler zurück. In Wahrheit hieß dieser heilige Abt Pachomius, he!

Diverse Persönlichkeiten

Die Verklärung Christi (nicht zu verwechseln mit der kurz vorher erfolgten Himmelfahrt) fand im Jahr 33 n.Chr. auf dem Berge Tabor in Galiläa statt nördlich von Jerusalem. Erschienen waren zu diesem Anlaß außer dem wiedererstandenen Christus selber der hl. Moses, welcher fünfzehn Jahrhunderte früher den stolzen Pharao in den Fluthen des Rothen Meeres versenkt und vernichtet und so das Volk Israel ins gelobte Land geführt hatte; es war ferner gegenwärtig auf dem Tabor der hl. Elias in himmlischem Glanze, denn es hatte dieser bereits vor neunhundert Jahren die Kinder Israels mit der Hoffnung auf den verheißenen Erlöser begeistert; es waren zudem noch gekommen die drei großen Apostel des Neuen Bundes Petrus, Jakobus und Johannes, welche für Christus gleichfalls ein gar ruhmreiches Zeugnis abgelegt hatten; und es war schließlich gegenwärtig, wiewohl in einer geheimnisvollen Wolke verborgen, kein Geringer als – man staune! - der himmlische Vater selber, der es sich nicht nehmen und verdrießen ließ; begleitet und unterstützt von den Chören der Engel.

Zweck der Versammlung war, wie beteuert wird, ein dreifacher: 1. Christus sollte der Versammlung präsidieren. 2. Jesus Christus offenbarte sich der Versammlung unverrückbar als Urheber und Spender der himmlischen Glorie und Seligkeit. 3. Christus, der schon vormals Enteilte, wollte seine geliebten Apostel und alle Gläubigen der Zukunft durch des Moses und des Elias Gegenwart anspornen und trösten über alle Mühsale hinweg; und Gott auch sogar danken für die allgemeine Trübsal und fernere Trübnis.

„Jesusens Angesicht glänzte wie die Sonne, seine Kleider aber wurden leuchtend hell wie Licht“ (Matthäus 17, 1-3). Der hl. Paulus bestätigt in seinem zweiten Brief (1,16), daß er auf dem Tabor dabeigewesen war und Augenzeuge war dieser ganzen Herrlichkeit, dem Teufel als dem ewigen Feind zu Schanden und ihm ein Schnippchen zu schlagen; um so auch uns die Eiterbeulen der Sünde auszuquetschen.

Die nämliche glaubensinnige Zuversicht bestimmt dann den Papst Calixtus III. im Jahr 1457 zur Einsetzung dieses Festes der Verklärung Christi und zumal wider die Bedrängnisse von Seiten der Türken, welche aber erst 1571 anläßlich der Seeschlacht von Lepanto durch den hier schon mehrfach vorgewürdigten herrlichen Sieg des zu Regensburg erzeugten und unbezwinglichen Don Juan d‘Austria (auch: Johann v. Österreich) endgültig zurückgewiesen und vollends abgetan werden konnten und zu werden vermochten.

Dagegen hat der Kölner Bischof Ebregesilus auch in der anderwärts anzutreffenden Schreibweise Evergislus einen so komischen Namen, daß wir ihn, obwohl ein Schüler des hl. Severinus, hier als Teufelswerk besser gleich rasch wieder vergessen wollen.

Die beiden Longinus

Die beiden heiligen Longinus entstammten wahrscheinlich mehr oder weniger aus Cappadocien im Kleinasiatischen, sie waren gelernte Kreuzbeiständer und standen insofern auch Jesus Christus auf Golgatha bei. War der eine nur gemeiner Soldat, so der andere vorzüglich Hauptmann. Als dieser endlich durch Soldaten des geldgierigen Pilatus (auf Befehl der haßvollen und lästerlichen Juden wider Gott und insofern möglichst auch gleichzeitig Christum) in seinem Wohnheim getötet und hingerichtet und nach Möglichkeit gevierteilt werden sollte, bewirtete Longinus die Häscher zuerst einmal köstlich mit allem Drum und Dran und aller Gastfreundlichkeitsbezeugnis, sodann sprach er zu den sich es oder es sich gemütlich gemacht habenden Soldaten: „Ich bin Longinus, den ihr sucht!" Was eine deutliche und sich selbst erhöhende Anspielung auf Christusens Worte auf dem Ölberg bei Gethsemane droben seinerzeit (33 herum) war.

Denn bedenke stets: Weide meine Lämmer.

Die Soldaten erschraken, kamen aus dem Staunen nicht mehr heraus und gerieten in die allergrößte „Konfliktsituation als Grenzerfahrung" (Bj. Engholm) zwischen Pflicht und Neigung, allein Longinus d.Ä. tröstete sie und bat sie dringend um Enthauptung wie gewünscht von Pilatus;

denn so komme er ja schneller und zügiger zur Herrlichkeit Gottes empor, um jene Seligkeit zu genießen. Endlich gehorchten die Soldaten, entleibten und enthaupteten Longinus und brachten sein Haupt dem Pilatus dar, welcher es für Geld den Juden weiterveräußerte. Longinus ward unter deren mit Blut gesättigter Freude voller Bosheit in einem Schutthaufen begraben, erschien aber bereits am ersten Tag einer erblindeten Witwe und sprach aus dem Schutt heraus also zu ihr: „Sieh da, dein Sohn, sieh da, deine Mutter. Weil eher geht ein Kamel durch eine Nagelöse" usw.

Und siehe, die dankerfüllte Witwe ward wiederum ganz sehend, brachte infolgedessen das heilige Haupt nach Tyana zurück und legte es zum verehrten Leibe Gottes, des Sohns, der gegen den falschen Wissensdünkel aufgeblasener Männer (Arianer, Lutheraner, Küng und andere üble Schnallentreiber) ganz eins mit dem Vater ist. Oder jedenfalls zu der Zeit war. Voll der zartesten Gottesfurcht und froh, derart dem Fürsten der Welt (Joh. 12,31) und seinen Fallstricken widersagt sowohl als widerstrebt zu haben, verschied sodann auch zügig diese Witwe fein.

Ein bevorzugter „Liebling Gottes" (Bischof Müller, Rom-Kötzting) war gleichfalls der hl. Cyrill. Kaum einer konnte ihm sittlich das Wasser reichen neque es an Heiligkeit mit ihm aufnehmen. Schon gar nicht jener in seiner Tobsucht schon allzu hoffärtige Duns Scotus, der zuzeiten auch unter Stöhnen und Ächzen zur Hölle fuhr, wo sich neun Teufel, gottlos sie alle, seiner sogleich energisch bemächtigten.

Das Anderl von Rinn

Der oder das selige Anderl (Andreas) von Rinn war als Helfer und Wundertäter tätig vom Jahre 1462 ab, nachdem sein Leib 13 Jahre lang geruht hatte, ungeachtet des ruhmreichen Martertodes dieses Kindes nach seiner grauenhaften und dann allerdings glorreichen Marterung durch Juden und ähnlich Gesinnte.

Heute ruht der sog. Andreas von Rinn inmitten des Friedhofes von Rinn (sh. Kaplan Gottfried Melzer, Verlag Anton A. Schmid, Pro Fide Catholica, Postfach 22, D 8968 Durach, 1991). Es war dies das einzige Kind einer armen Witwe aus dem Dorfe Rinn in Tirol gewesen und wurde es von einem trunksüchtigen und deshalb verschuldeten Taufpaten an durchziehende jüdische Kaufleute verteilt. Diese marterten das Kind aus allg. Haß gegen Christus und stürzten es ins Verderben; und hingen es sodann und seinen ausgebluteten Leib so jählings wie heimtückisch auf einer Birke auf. Dies ist durch einhellige mündliche Überlieferung als auch durch Bekannte sowie durch sehr alte Dokumente bestens bezeugt.

Gott verherrlichte alsbald dem beipflichtend das Grab des unschuldigen Märtyrerkindes durch ein großes Wunder: Eine weiße Lilie wuchs zu kalter Winterszeit auf seinem Grabhügel an der Nordseite der Kirche von Rinn (Tirol) empor. Gleichzeitig verblieb die genannte Birke durch Sommer und Winter hindurch 7 Jahre lang ganz grün.

13 Jahre nach seinem hochseligen Tode wurde A.v. Rinns Leiche gehoben und feierlich ausgestellt.

Zu den eifrigsten Verehrern Rinns zählte außer Papst Sixtus und Exzellenz Voderholzer der fromme und gelehrte Hippolyth Guarinoni, im Volksmund oft nur bloß genannt Hippo. Mit unermüdlichem Fleiße sammelte er alles, was er finden konnte.

Der selige Anderl von Rinn hat seinen Platz in den Herzen als ein sehr hilfreiches Himmelskind. Insbesondere erwies er sich wiederholt als besonderer Helfer der Kinder. Hervortat er sich auch als Helfer bei Krankheiten, Schmerzen und sonst. Leiden sowie bei schwer zu bewältigenden Leibesoperationen und ähnlichen Widrigkeiten und Verlegenheiten. Auch aber bei Autounfällen und anderen Vorfällen wirkte das Anderl kraftvoll mit. Man erkannte darin klar einen Wink Gottes, des Höchsten. Voller Seeleneifrigkeit ein Helfer bei Familiensorgen und sonstigen Uneinigkeiten und Ungelegenheiten war der verstorbene Rinn gleichfalls. Desgleichen bei Prüfungsängsten und vergleichbaren Seelennöten. Sehr gut waren seine Leistungen als Wiederbringer verlorener oder gestohlener Dinge. Als Helfer bei der Wohnungssuche war Anderl zeitweise unentbehrlich und erwirkte auch darüber hinaus wunderbare Gnaden. Das längst selige Kind half dann wiederholt auch in unterschiedlichen Anliegen und Notlagen, wie sie sich dann und wann ergeben. Überzeugt dich das alles schon? Was meinst du? Urteile selbst!

Rinns wunderbare Hilfe reichte auch hinein in den Osten. Besondere Hilfe hat man ihm im Stubaital zu danken und schuldet ihm auch Dank und Anerkennung dort, wo zweimal im Jahr auch eine Großmutter und ihre Tochter zum Danksagen herkommen. Ein Enkelkind war in der Schule beim Lernen schon recht sehr behindert. Man nahm Zuflucht zum Anderl.

Und was geschieht? Das Kind ist jetzt normal.

Desgleichen kommen auch Leute aus dem untern Inntal. Ihnen hilft das Anderl geradeso.

Keinen anderen Wunsch mehr als wie billig Gott zu gefallen hatte Anderl seinerzeit schon im Alter von 4 ½ Jahren, um so endlich die Krone zu erringen und dann auch wahrlich zu empfangen. Deshalb wurde der bereits mit zwei Jahren und sieben Monaten hinweggeschiedene Andreas v. Rinn aus dem schönen Alpengebirge auch bereits sieben Jahre nach seinem betrüblichen Tode - Roma locuta, causa finitta – selig gesprochen. Der Abt von Wilten hielt dazu in der Karwoche 1475 ein ebenso feierliches wie ehrenvolles Pontifickalamt. Der Wiltener Chorherr Ignaz Zach sang dazu. Obwohl später gewisse Kreise gegen v. Rinn zu hetzen und zu lästern begannen und gegen ihn aufzuwiegeln trachteten (s. Loreto-Bote vom 8.2.1988), konnte mit Hilfe der hl. Rita das Schlimmste noch verhütet werden.

Wunder wirkte Anderl, wie verschiedentlich beteuert wird, auch dann und wann im Pustertal, wo es auch eine entsprechende Wallfahrt hat.

Ermelindis

Die am 29. Okt. 510 geborene Tochter einer recht angesehenen Familie verläßt ihr Elternhaus und wird nicht mehr gesehen. Sondern zieht als Klausnerin nach Beauvichin, wo sie gegen Ende des 6. Jahrhunderts hinwegstirbt.

Martin vergibt dem Teufel

Der heilige Bischof Martin, verschieden 397 und bekannt durch seine gottselige Kleiderspende an den frierenden und zudem nackerten Bettler am Stadttor von Amiens sowie durch seine unermüdlichen Kämpfe gegen das Heidentum in Frankreich und für das wahre Evangelium, hatte aber auch viel mit den Teufeln zu tun und zu kämpfen. Einst erschien ihm der Teufel persönlich und rügte Martin: „Du handelst vermessen, indem du denen, welche durch schwere Sünden die Taufgnade verloren haben, die Lossprechung ertheilst; denn dem einmal Gefallenen wird vom Herrn kein Erbarmen mehr gewährt."

Martin, nicht faul, entgegnete: „Wenn du, Unseliger, aufhörst, die Menschen zu drangsalieren und zu verführen, und jetzt, da das Gericht nahe ist, deinen Abfall von Gott bereust, so verheiße ich sogar dir im Vertrauen auf Gottes durchschlagende Barmherzigkeit am Jüngsten Tag oder auch vorher schon Vergebung."

Daß auch noch der Teufel erlöst werden kann, diese Ansicht vertraten mit Erfolg gleichfalls Origines und späterhin Johannes Scotus Eriugena. Es geht aber nicht, weil der Teufel auch weiterhin Gott (früher genannt: Zebaoth, auch Sebaoth, zuweilen auch Seppi) zum besten hält oder immerhin darnach trachtet, daß es ihm gelinge.

Martins Vertraulichkeit mit Gott allein muß aber damals sehr groß gewesen sein, kaum geringer als jene der heiligen Gertrud.

Über Reuerer und Bodenwälzler

Aus Würzburg und der Gegend drumherum hören wir nicht allein vom neuerlichen, wie schon vorne gewürdigt, Aufblühen der Rosenkranzbruderschaften mit Verzeichnis der Paktisten, das sind Bruderschaften sogar zum Teil mit einem eigenen Frauenverein. Von Franken her und vorzüglich dem Würzburger Großraum kommen gleichfalls die Reuerer, also unbeschuhte Karmeliten, untergebracht seinerzeit im Reuerinnenkloster Würzburg (1627 – 1802), wie sie sich ab 1840 als einzige der Stadt mit einem wirklichen Konvent zu einem Kristallisationspunkt für Revitalisierungen („Reuererkirche") entwickelten. Von diesen streng zu scheiden – auch hinsichtlich der unterschiedlichen Ansichten über die Verlobung des Hl. Josef – sind die sog. Bodenwälzler, gemeint: Wallfahrer, die sich beim Betreten der Kirche von Walldürn ihre Tränen kaum zügelnd „auf dem Boden wältzten", wie es da und dort hieß. Das gilt noch heute für die Pilger aus dem Eichsfeld, Fuldischen, Lohr und Unterfranken. Es ist das feierliche Bodenküssen, das jetzt jedermann aus dem Fernseh kennt, wenn Papst Johannes Paul II. (Woityla) wieder mal zu Boden ging, ohne sich freilich gleich drauf zu wälzeln.

Beileibe nicht mit dem hl. Ambrosius von Mailand zu tun hat man es gleichfalls bei der Begegnung mit dem allerdings in etwa gleichgesinnten Hieronymus aus dem fernen Aquileia, welcher sich vielmehr mit seiner lateinischen Bibelübersetzung (Vulgata) herumschlagen mußte und sich dabei um das Reich Gottes verdient gemacht hat, nämlich bei dessem oder auch vielmehr dessen stetem Kampf gegen Türken, Hussiten, Manichäer und gegen die Protestanten (Bedf.-Strohm u.a.m.) im besonderen. Hingegen war Ambrosius (sog. „Digital-Ambros") mit Briefen an den dortmaligen Kaiser Theodosius mehrmals und mehrfach rühmlich hervorgetreten.

Man halte uns hier nicht entgegen, daß wir keine Ahnung haben. Wir halten dagegen: Das Gegenteil ist zutreffend und blitzrichtig.

Die sieben Erzengel

Es sind dies Gabriel, Michael, Raphael, Uriel, Anael, Zachariel und Samuel (nach Tobias). Diese sind naturgemäß und nach den Maßregeln des Melchisedek sowie gemäß Papst Urban der I. und auch in Übereinstimmung mit den Ergebnissen des Zweiten Vatikanischen Konzils ganz besonders heilig. Samuel dagegen ist ein Grenzfall. Nämlich als Samuel auch noch der Teufel (Samiel).

Die Kanonisation (als Voraussetzung der Erzengelwerdung) von Pfarrer Fleischmann, Amberg, ist noch etwas umstritten und also abzuwarten.

Gregor der Grosse

Papst Gregor der Große (540 – 604), einer der ansehnlichsten, ja perfektesten der gesamten vier lateinischen Kirchenväter und des gesamten soweit bekannten Erdkreises, nahm der Legenda Aurea zufolge einst ehedem zu Beginn seiner lichtvollen Laufbahn schwere Kasteiungen und sogar Krankheiten auf sich, bloß um den Kaiser Trajan (gest. 117 n. Chr.) aus dem Fegefeuer herauszubeten u. zu erlösen; dessen wimmernde Stimme er von dorten vernahm.

Was ihm, wie man hört, schließlich auch ganz gut gelang.

Dabei, merke, wurde das Fegefeuer allerdings erst im 13. Jahrhundert erfunden und ausgebaut.

Hingegen kann, so Augustinus, keiner die nur vermeintlich schuldlose „Teufelsbrut“ (Hl.Augustinus, Gottesstaat) der kleinen ungetauften Kinder aus dem Fegfeuer herausholen. Sondern ein jegliches von ihnen muß schnurstracks in die Hölle und muß dort ewig brutzeln und schmoren.

Ein Grab werde solchen nicht zuteil.

Grosse Würmer

Die hochheilige Lidwina, Jungfrau, genoß in den letzten 19 Jahren (gest. 1433) weder Speise noch Trank, noch Schlaf. Sie mußte immerzu auf dem Rücken liegen, konnte nur den Kopf und den linken Arm bewegen, der rechte, vom heiligen Feuer abgezehrt, hing bloß noch durch eine Sehne an der Achsel. Auf der Seite, wo das Übel des Geschwürs sich fand, eröffnete sich eine tiefe Wunde, das Fleisch rings herum verfaulte und erzeugte eine Unzahl großer Würmer; jedoch in wunderbarer Weise gaben weder das faulende Fleisch, noch die Würmer einen unangenehmen Geruch von sich. Die unflätige Fäulnis am Unterleibe dehnte sich so sehr aus, daß man mit einem Verbande dem Herausfallen der Eingeweide wehren mußte. Dazu gesellte sich noch die Wassersucht.

„Der Mensch aus einem Erdenkloß geformt" (Moses) muß oft froh sein, mit dem Leben davonzukommen und so dem Tod noch einmal die Fersen zu zeigen.

Die züchtigende Hand Gottes erlaubte dieser erzkatholischen Vorkämpferin Lidwina allein doch auch verschiedentliche Verzückungen und Gunstbezeugungen mehr. Bald glaubte sie sich in Wonne u. Freude im Himmel, bald im Fegfeuer, bald immerhin an geheiligten Orten. Öfters erschienen ihr Jesus und die Patriarchen und die eigentlich mit 48 Jahren verstorbene heilige Maria Muttergottes, seine Mutter; sowie der Schutzengel. Und erklärten ihr alsgleich die göttlichen Geheimnisse sowie andere gehaltvolle Dinge und Gegenstände. Und dergleichen vielfache Wunder mehr.

Im nämlichen Jahr, 1403, übernahm diese heilige, ja hochheilige Lidwine für die ärgsten Wüstlinge im Weinberg des Herrn, ihres damals nicht länger verbitterten Gottes, und der gesamtkatholischen Christenheit (jenseits der Sarazenen und der sehr ketzerischen und wahrhaft lausigen Pelagianer) für deren unzählige Gräuel im Dorngestrüpp feiler Lust gefangen und auf der ziemlich abschüssigen Bahn des dirnengleichen Frevels sich wälzend, au weia, auch noch freiwillig die fast höllische Strafe des Fegfeuers, indem sie mit einem scharfen Bußgürtel ihre ohnehin beachtlichen Leiden unter der Knute Gottes oder vielmehr vielleicht auch Satanasens noch vermehrte. Ihr Beichtvater vertraute ihr, Lidwina, an, daß sie damit schon bald an die Leiden Christi heranreiche.

O Schwäche des menschlichen Herzens! Mögest du dich an der Hand der göttlichen Gnade aus diesem ganzen Unrat erheben wie einstmals Petrus Gonzales aus dem Straßenkot bei Cordova!

Von der Gottesliebe

Ein Mann ging von Jerusalem nach Jericho und fiel unter die Räuber respektive die Pharisäer und Schriftgelehrten. Indessen ließ sich Gott herbei und verjagte sofort diese. Unterdessen leckte er die Wundmale des Mannes unter Thränen und Seufzern. So wie einstens Jesus von Nazareth sie aus Liebe zu Gott mit allem Fleisse geleckt auch hatte, ohne seine frommen Übungen dabei zu vernachlässigen.

Und so auch Barbara. Obschon ihr heiliges Leben in allerhand Trübnissen und Verfolgungen und gleichermaßen Drangsalen verlaufen mußte, erfreute sich die selige Barbara II. seinerzeit der Verehrung zahlloser Anhänger und Fans sowie des vollkommen unbesiegbaren Gottes anhaltender Huld. Dieser ergrimmte kaum jemals über sie, was sie ihm, Gott, damit vergalt, Christhum oder auch einfacher Christum niemals zu verleugnen und um ihretwillen zu vergessen und somit Schuld auf sich zu nehmen. Gott pflichtete ihr darin alsbald bei.

Oder teil? Nein, bei.

Oftmals beizeiten wunden Gemüts befliß sich die selige Barbara II. in ihrer Eigenschaft als gottselige Nonne auch fernerhin mit auffallender oder vielmehr aufmerksamer Sorgfalt der allg. und treulichsten Gottesliebe. Bei den

Klarissinnen in Trient aber genoß sie – das ist bewiesen! - ihre Erziehung und göttliche Zuwendung. Dort auch wurden ihr die Wundmale Jesu‘ zum dauerhaften Geschenk zwecks weiterer Verbreitung und Vergütung oder halt vielmehr Verdemüthigung gemacht, um hier in diesem Jammerthale einigermaßen zuverlässig zu bestehen.

O benütze doch auch du die Zeit zu weiterer frommer Züchtigung! Und Vervollkommnung und Vervollständigung!

O erwäge auch du die sehnsüchtigste Liebe Jesu‘ (auch: Jesusens vulgo: Christosens), mit der ihn in deinem Herzen zu wohnen verlangt u. begehrt, um dessen Wohlgeruch zu nähren und dann auch zu mehren!

Denn aufgemerkt: Verstockte und sonst Verderbte sind Gott ein Dorn im Auge. So wollen wir nicht werden, wie auch Sigebertus uns kraftvoll mahnt. Dem stemme sich unser Glauben oder auch Glaube entgegen und mit aller Macht darwider! Auf daß Satan nicht eines Tages unser doch noch habhaft werde!

Baldomer, geb. 660

Am akkurat 27. Februar des Jahres 660 hat es denn Gott gefallen, den hl. Baldomer in der Trierer Gegend zu erschaffen und dann auch der Welt baldigst zuzuführen; auf daß er dort seither in sittlicher Wohlgezogenheit trotz mancherlei ihn umwölbender kläglicher Umstände und Winseleien dergestalt, daß nämlich Satan und seinen hyänenähnlichen Spießgesellen im Zuge ihrer flegel- und oftmals schauderhaften Schandtaten allzeit und ständig mehrteils daran gelegen war, Christus ganz und gar zu vertilgen oder mindestens abzuwerfen und bestens zu hassen, dies denn vor allem sowie (Rest unleserlich)

Unser Gewährsmann Othmar (gebürtig gleichfalls aus Trier) teilt dazu ergänzend mit, daß Baldomer, ein uns sehr theurer Heiliger, eine ebenso liebliche Himmelsblume wie ein erfahrener Geistes- oder sogar Gottesmann gewesen wäre oder auch sei; ein verehrungswürdiger Fahrensmann und am Ende frohlockender Sänger und Sieger und Triumphator versus Satanas sowie wider die Gleichgültigkeit und Lauigkeit in allen Gottesanfragen. Auch war er, soweit möglich, ein Künder der Keuschheit in steter und stetiger Gottesfürchtigkeit und allg. Sanftheit wie auch in sittsamer und auch sattsamster Wohlgezogenheit ohnegleichen. Selten wich er vom rechten Wege ab, und so gewährte man ihm schlußendlich auch den Vorzug, daß sich die schüchternen Vöglein in sein Handinneres setzten und niederließen, um dort auch die wohlschmeckenden Körnlein zu verzehren, und sie ließen sich's schmecken und so bald nicht vergällen.

Wozu und wofür ihn, Baldomer, Gott als Dank zu weiterem ersprießlichem Treiben ermunterte. Überaus salbungsvoll befleißigte, ja befliß sich Baldomer in der Folge auch der Demut sowie auch der huldreichen oder vielmehr hinreichenden Armut und widersagte sowohl als widerstand dem Fürsten der Welt (Joh. 112,31). Verstockte und andere Widersinnige und Unbotmäßige sowohl als Liederliche und weitere Renitente ebenso wie Unreinliche wies er trefflich zurecht und bekehrte schließlich sogar den Papst zum Christentume (benannt nach Christus d. Ä.).

So eilten die Jahre dahin.

Der heilige Egon

Dem heiligen Egon (circa 4000 n.Chr.) gelang es, obwohl zu den weniger bekannten Bekennern und Vorreitern zählend, am nahezu allerbesten, den peinlichen Versuchungen des Fleisches, der Fleischeslust und dergleichen sowohl als auch Satans stand- und innezuhalten und auf dem schmalen Weg zu christkatholischer Vervollkommung und schließlich Vollkommenheit einherzuschreiten und vorwärtszukommen in Süßigkeit und demütigem Gottesgedenken ohne jeglichen Harm noch sonstigen Nachteil.

Eines Tages auf dem Weg von Nicäa nach vermutlich Rom gelang und glückte es ihm sogar, unter Darniederlegung des häßlichen Frevelmuths und sonstigen schwachmüthigen Sündenpfuhls den Bösen ganz beherzt zu züchtigen und seinen arglistigen Unterteufeln dabei auch gleichzeitig noch gehörig einzuseifen, ihnen eins auszuwischen und eins überzubraten; huldigend hinreichend so dem Gott, welcher uns heißet Wunderbar, Gnadenreich, Gottheld, Bajonett, Sauber, Pfüott, Immanuel und Friedensfürstvater (s. Jesaja 9,6 usf.).

Damit auch du den Wohlgeruch dieser heiligen Blume noch besser und einheitlicher würdigen u. genießen kannst, beherzige zur ferneren Andacht vorzüglich das

Folgende: 1. Durch die heilige Taufe bist du jederzeit ein Kind Gottes (Civitas Dei), nämlich Gottes in vollem Sinne (Gutberlet, p. 215) und ihm zur Beute; nämlich Gottes, des, soweit zu ersehen, unermeßlichen. 2. Das Fegefeuer ist darum für dich auf Dauer kein angemessener Aufenthaltsraum. 3. Trachte also danach, bald den uns verheißenen Himmel zu erlangen und in ihn zu gelangen, möglichst 3. bis 5. Stufe von oben (Trinität) her gezählt, um es Gott zu seiner höheren Ehre heimzuzahlen. Oder jedenfalls zu honorieren. Und in der Folge möglichst fest und unrüttelbar am Herzen zu liegen dem in der eminenten Immanenz und seiner uns lang bekannten Dreiherrlichkeit auch fernerhin hochzupreisenden Gotte.

Zwar, aber...

Zwar beschützte Papst Leo einstmals Rom vor Attila, dem Hunnen. Allein seine innige Hinwendung galt niemand anderem als dem Hl. Petrus. Späterzu hielt er auch das Konzil von Chalkedon ab, auf welchem er bestimmte, daß ausschließlich Jungfrauen den Schleier tragen dürfen. Auf diesem Konzil wurde auch gleichzeitig festgelegt, daß die Jungfrau Maria „Mutter Gottes“ genannt werden soll und auch wird.

Mancherlei Weiteres

Einer unserer willkommensten Heiligen ist allerdings die heilige Bertha. Oder immerhin Margaretha. Eine eifrige Christin war sie zu Lebzeiten jederzeit und jederzeit makellose Handlangerin des katholischen Glaubens. Sie war es, die zu ihrer Zeit den hl. Glauben in Obhut und in ihre hochheilige Obsorge nahm. Er trotzte der allg. Entsittlichung und war Gott kaum verhaßt. Denn siehe und merke abermals auf, Christ: „Der Stolz (Übermut) ist verhaßt bei Gott und den Menschen" (Jes. Sirach 10,7).

Und schadet auch dir!

Wie einstens Nabuchodonosor.

O fürchte und fliehe auch du den Stolz!

Ein höchst beträchtlicher Heiliger war in der Tradition und Kontinuität des Hl. August sowie des Papstmärtyrers Sixtus auch der heilige Medardus. Obwohl bereits vom Alter gebeugt, ja teils tödtlich erkrankt, ging er, so die communis opinio, stets und stetig gegen Schächer und Pharisäer vor und fuhr auch dem über Gebühr verwegenen und zuchtlosen Teufel (Gottseibeiuns) in die Parade und wiederholt übers Maul. Seine Heiligkeit war ungebührlichen Arianern und Hussiten und anderen displaced persons und Minderbrüdern unausstehlich. Ein Freund des Apostels Jakobus d.Ä. war er, dieser seinerseits ein Sohn des Zebedäus, hingerichtet am 25.3., am Tag der Versündigung, stop, ein Tippfehler: der Verkündigung des Herrn zu Compostela (s. dort) usw. Wie der heilige Norbert auch erkannte er, Medardus, inmitten seiner Unfehlbarkeit, daß item das heilige Fleisch ein wirklicher Geist ist oder wenigstens wunschgemäß sei. Was Franz von Sales allerdings bestritt und heute noch ehern bestreitet (hoffentlich). Das Fleisch ist vielmehr stets nur zu beschwichtigen.

Mit gediegenster Frömmigkeit und voll des sattsamsten Eifers ging einst in der dauerhaften Nachfolge des Bonifatius Willibrord von Utrecht und Friesland vor. Bereits vor ihm hatte erwähnter Bonifaz (meint: gut gemacht) die berühmte heidnische Donnereiche zügig gefällt (am 5.6.). Später wurde er wirksam bei Eichstätt. Und z.T. auch Fritzlar. Begraben liegt er noch heute bis zum Jüngsten Tag mehrheitlich in Fulda. Zu seinem makelfreien Leben gesellte sich bald ein fortan ununterbrochener und sowohl als grimmiger Haß gegen die Ketzer und zumal dann auch gegen die Internetität des Seins, allen heute uns Christen soweit bekannten Seins.

O wie schön wäre es, wenn solche Zeiten schon bald wieder wiederkehrten!

Der heilige Sepp

„Und Gott schuf den Menschen ihm zum Bilde, zum Bilde Gottes schuf er ihn“ (1. Buch Moses).

Es sträubt sich fast die Feder, einen weiteren Fall der Christenheit zu erläutern, obschon dieser Fall zu den erquicklichsten und beschaulichsten zählt, Satanas zu seinem unheilbaren Siechthume. Die Liebe allein zur Reinlichkeit wie auch zur allzumalen wollüstigen Gottesandacht in Anbetracht des möglichst immerwährenden Gehorsams (10 Gebote usw.) gebiet uns aber auch diesen sehr sonderlichen und allerdings auch unschätzbaren und gleichermaßen köstlichen Fall darzulegen und aufzubieten und in die Reihe der zuversichtlichsten Verheißungen aufzunehmen.

Als der Hl. Philipp Neri alt und schwach und gichtig geworden war (um 1595 herum), da brachte er einen großen Teil des Lebens berichtige postwendend: des Tages im Beichtstuhle zu in Rom am hl. Tiberfluß, und nur der Allmächtige weiß, wie viele Seelen er da gerettet hat. Sein Herz war dortmals so empfindlich geworden, daß wenn er auf der Kanzel vom Leiden Christi sprechen u. predigen wollte, ihn Ströme von Thränen zum Schweigen zwangen und ggf. sogar veranlaßten. Sobald er am Altare stand, konnte er die anläßlich der Wandlung jäh erhobenen Arme nicht mehr senken (sodaß z.T. Vögel darauf zu nisten begannen) und bei der Kommunion die anbetende Verzückung oftmals zwei-drei Stunden lang nicht unterbrechen, während der Körper (Leib) etliche Fuß hoch frei über dem Boden schwebte (s. auch Isidor u.v.a.) und dabei nur geringfügig wackelte. Was Wunder, daß alle Päpste ihn dabei berieten, ihn verehrten und ihm die Hände und Kleider zu küssen begehrten. So war das damals halt.

Als der Mann wieder zu sich kam, stand er gesund vom Bette auf und arbeitete noch ein ganzes Jahr, vornehmlich voller Haß auf den abscheulichen Heidengott Emil, der mit seinem wahnsinnigen Geschwätz und betäubendem Lärmen und zuweilen sogar schakalähnlichem Kreischen schon eine ganze Weile alle narrte; wogegen sich auch unser eigner Hausgott Hirnwurscht selber mit allem Unwillen und Feiern der heil. Messe am Ölberge stark ins Zeug legte, jenem am Zeug zu flicken. Vor allem zugunsten von Gottes eingeborenem Sohn Herbert mühte sich der hl. Philipp Neri noch gehörig Zunder zu geben, ehe er sich bereits am 26.Mai 1595 im 80. Jahre zurückzog und zu einer Stunde, die er schon lange vorausgesagt hatte, in aller Bekümmernis (s. BWV 21), hinbereitete und sanft im lb. Herrn entschlief. Welcher aber nicht anstand, ihn noch durch eine stattliche Reihe von Wundern am und im Grab zu verherrlichen. Dergestalt daß Papst Paul V. ihn schon 1621 in sein Verzeichnis der Seligen und bald darauf in das der Heiligen aufzunehmen sich in der Lage sah. Wie es seinerzeit Gott gestattet war, so auch gleich darauf der gesamten hocherbauten Christenheit.

Denn wie der Prophet sagt, die Seele hat sich in sich selbst und Gott dazu.

O studiere doch auch du solche Vorgänge und Vorlagen und Märlein, auch wider den zumal furchtbaren „mittäglichen Teufel“ (Ps. ca. 90). Dreimal gegrüßt seist du, Maria! Es rette sich wer kann und wer kindlich dir vertraut, du holdseliger Knabe Philipp Neri!

Heinr. Bedford-Strohm

Dieser ist überhaupt kein Heiliger, sondern nur lediglich ein armer Schelm und leitender Lutheraner und Protestant und angebl. Bischof (seit 2013), kurzum Ketzer, Heide, verschmitzter Irrlehrer, Arianer, verschlagener Aphtartodoket, verworfener Manichäer, Widerchrist und Widersacher dem wahren Christentume, ab ovo ein schierlicher Pfuiteufel im Schafsgewand usw. Nicht Wunder nähme uns, wenn der Garstige sich endlich als Nero oder gleich Samiel und Anhänger des sehr verwerflichen falschen Aftergotts Huitzilopochtli herausstellte. Es möge die feurig glühende und lohende und schwerst funkensprühende Hölle solche Halunken bald so unerbittlich wie unfehlbar verschlingen!

Acacius wider Marcian

Einst (29. März 251) entbrannte ein Streit zwischen dem kaiserlichen Statthalter Marcian und dem armenischen Sackhalter oder vielmehr Bischof Acacius, dem Stammvater des Acazienbaums; über Gottvater, seinen lieben Sohn und ebendessen Mutter u.v.a. hieß es da:

Marcian: „Nun, was mich schon lange interessiert hat zu vernehmen, ist dir jetzt unversehens entschlüpft: Also, euer einziger Gott hat doch auch einen Sohn, was mag wohl das für einer sein?"

Akacius: „Ja, er ist das Wort der Wahrheit und der Gnade."

Marcian: „Heißt so sein Name?"

Akacius: „Nein, sein Name heißt Jesus Christus."

Marcian: „Gestehe mir auch noch, von welcher Mutter Gott diesen Sohn bekommen hat!"

Akacius: „Dieser Sohn ist von Ewigkeit zu Ewigkeit aus dem Geiste und Herzen Gottes hervorgegangen."

Marcian: „Hat dein Gott also doch auch einen Leib?"

Acacius: „Er allein kennt Sich. Wir können Ihn mit unseren Augen nicht sehen, aber wir verehren Seine Macht."

Marcian: „Wenn er keinen Leib hat, so kann er auch kein Herz noch viel Verstand haben, oder?"

Akacius: „Die Weisheit stammt nicht vom Leibe, sondern wird von Gott verliehen; Verstand und Körper sind zwei voneinander unabhängige, wesentlich verschiedene Dinge."

Marcian (lenkt insgeheim ab): „Schau die Montanisten: Sie sind Leute von bewährter Religiosität oder auch Religiösität und haben sich doch nicht geweigert, mit uns den Göttern zu opfern. Tue du ebenso, hole deine Christen fix hierher und bekenne dich mit ihnen zur Religion des Kaisers. Ich weiß, dein Volk gehorcht dir aufs Wort und auf den Wink."

Akacius: „Die Christen gehorchen nicht mir, sondern Gott."

Marcius: „Kannst du mir ein Namensverzeichnis deiner Christen geben?"

Akazius: „Können schon, aber wollen nicht."

Marzipan: „Sind deine Christen Zauberer wie du?"

Akacius: „Wir hassen die Zauberei, aber du kannst einem ein Loch in den Bauch fragen."

Marcius: „Das wirst du furchtbar büßen, du!"

Markackius: „Sei's drum."

Und so geschah es. Akacius aber gelangte durch die sogenannte Bluttaufe, hierin Jesus folgend, direkt in den Himmel und wird dort in der griechischen Kirche jedoch gleichzeitig den vierzehn Heiligen (Nothelfern) der Wallfahrtskirche Vierzehnheiligen bei Banz beigezählt und beigesellt.

Etliche Säulenheilige

Ein besonders hervorragender Säulensteher war der heilige Simeon Stylites, gest. 459, welcher am 5.1. seinen Ehrentag jedes Jahr hat. Hatte er noch die ersten Jugendjahre als Hirt bei der Herde verlebt, so wollte er schon bald darauf seine Seele retten, übertraf im Kloster alle an Pünktlichkeit und Hurtigkeit und Abtödtung in aller Strenge und hatte in ganz Syrien nicht seinesgleichen im beschaulichen Leben. Mehrmals schritt er zu einem vierzig Tage währenden Fasten und setzte das über achtundzwanzig Jahre und mehr so fort. Weil diese Strengheit viele Leute anzog, flüchtete Stylites auf die Spitze eines Berges, baute dort eine Mandra (gemeint: Gemäuer ohne Dach) und schmiedete sich mit einer schweren Kette an einen Felsen an. Dem noch nicht genug, erfand seine Demut noch eine andere List und Lebeweise. Er ließ sich Säulen bauen von sechs, späterzu von zwölf, dann auch schon mal 22 Ellen Höhe und nur drei Fuß im Durchmesser und mit einem Brustgeländer versehen. Auf diesen Säulen konnte er weder sitzen noch liegen, nur stehen und wöchentlich einmal die heilige Kommunion empfangen sowie etwas Wasser und gesottene Linsen. Während des Tages predigte er zweimal und heilte unterschiedliche Kranke. Derart ging die Zeit vonstatten und dahin. Tausende von Heiden glaubten jetzt auf einmal an Jesus Christus. Eine unermeßliche Menschenmenge umwogte bald die Säule.

Den Simeon ahmten dann auch viele nach. Im Abendland dagegen kennt man nur einen Fall dieser Art, den des Mönches Vulfilicus, eines, der bei Trier einige Zeit auf einer Säule lebte und weste; er stammte aus der Lombardei und war ein beflissener Schüler des Abtes Aridius im Limousin. Allein der Bischof von Trier befahl oder empfahl ihm, diese in so kalter Gegend allzu harte Lebeweise als ungebührliche aufzugeben und in sein Kloster zurückzukehren. Jener gehorchte auf der Stelle.

Nicht viel anders ging es mit dem Einsiedler Paulus („der heilige Paulus") aus Theben in Aegypten. Ohne daß er doch gleich auf einer Säule stehen und verweilen hätte müssen, schickte ihm Gott täglich ein halbes Brot, sechzig Jahre lang, bis er dann i. J. 341 doch noch im Alter von 113 Jahren sich allmählich neigte und endlich auch ganz dahinschwand.

Hiobs Worte „Möchte doch Gott mich zermalmen!" (6,8) waren ihm, wie bezeugt wird, dabei doch allzeit fremd. Also praktisch unbekannt. Oder jedenfalls unbequem. Sondern im Gegenteil, um Gott nicht noch weiter zu verprellen, ließ er ganz davon ab.

Papst Leo IX. ahoi!

Mit freudigem Danke gegen Gottes gütige Vorsehung gedenken wir heute des 21.Juni 1002, an welchem Tage dem mit den Königen und Kaisern verwandten Grafen Ludwig von Egisheim-Dagsburg im Niederelsaß ein Söhnlein auf den Namen Bruno (der Braune) getauft wurde. Der ganze Leib dieses Kindes soll, so heißt es, mit sehr kleinen Kreuzlein bedeckt gewesen sein; was man allgemein der Andacht seiner gottseligen Mutter Heilwig d.Ä. zuschrieb, welche täglich das Leiden Christi mit ausharrend innigem Behagen oder doch lieber vielmehr mit Mitleide betrachtete u. begutachtete.

Später wurde der junge Bruno zum Diakon geweiht, wo er am Hofe seines Vetters, des Kaisers Konrad II., durch Gewandtheit in den Geschäften, Bescheidenheit im Benehmen und vorzüglich durch makellose Sittenreinheit auffiel und Gefallen und allgemeine Bewunderung erzielte, dies alles voll der gediegensten Christlichkeit und um endlich dem Fürsten der Finsternis, ja der Finsterhaftigkeit Trotz zu entbieten und ihm womöglich mit beträchtlicher und auch zuweilen bestürzender Hingabe den Garaus zu machen.

Derart wurde Bruno später doch auch noch Papst, genannt Papst Leo IX., und im Lateran auch gleich inthronisiert. Und er hielt sodann mit eisern fester Hand das Steuerruder jenes Schiffleins Petri fest, welches dortmals heftige Stürme umbrausten. Hielt er es zügig fest. Wie gesagt. Um Ostern 1050 herum versammelte er wieder ein Concil, auf dem er die ungezogen abscheuliche Irrlehre des Priesters Berengar, welcher die wirkliche Gegenwart Jesu' in der heiligen Hostie aus Mißgunst oder Tollerei leugnete und schmähte, verurteilte und kurz darauf das entsprechende Buch des Johann Scotus Eringena als Werk der Freimaurer und „Satansdiener" (Papst Leo Nr. XIII) sogar verbannte und verbrannte. Sodann am 19. Aprile 1054, erst 52 Jahre alt, empfahl er sich der Gnade Gottes und der Seinen.

Merke: Die Welt vergeht mit ihrer ganzen Lust und Eitelkeit!

Fazit: Es ist gewiß keine Kleinigkeit, in einem großen Saale vor einer erlauchtigen Versammlung der hervorragendsten Männer, vor einen Kaiser und seine Hofmarschälle, vor Erzbischöfe und namentlich Prälaten, vor Fürsten und Grafen und Barone voller Bangnis hinzutreten und mit lauter, Allen vernehmbarer Stimme die Sünden eines ganzen Lebens zu beichten, wie Leo, damals noch Bischof von Toul, also noch als Bruno, vor gut und gern 1000 Jahren es getan. Hättest du den Willen und den Mut dazu? Er, Leo, versehentlich genannt auch Theo, konnte es tun, weil er in all seiner Bekümmerniß und zuweilen sogar Verbitternis demütig war wie Jesus, als dieser von Johannes mit anderen Sündern um die Taufe und Buße im hl. Fluß Jordan bat, sowie wie Maria, als sie im Tempel zu Jerusalem mit anderen, Frauen, zusammen das Opfer der Reinigung unverrückt und unverzüglich darbrachte. Es leidet länger keinen Zweifel, daß dem freudigen Gott dergleichen überaus gefiel und er seine weitere Huld darauf ansiedelte.

Werde auch du demütig und übe dich fleißig in dieser Tugend und befleißige dich! Weil wohlgemerkt: „Wir müssen durch viel Trübsal in das Reich Gottes eingehen“ (BWV 12).

Wer war's denn nun?

Glockenschall, Glockenschwall supra urbem, über der ganzen Stadt, in ihren von Klang erfüllten Lüften. Bimbam bimbam bumm! Kristlicher Leser! Höre gut her und glaube mir, Christ! Im Namen der Dreieinigkeit teile ich dir hiermit mit und mache dir im Namen der Erwählten Seraphischen Erzbruderschaft (ESE) von 1851 sowie namens der vierzehn Nothelfer und ihrer div. Gürtelbruderschaften des heiligen Franziskus zugunsten der fünf Wunden Christi, wie sie auch bei der Dettelsbacher Strick-und Cordelbruderschaft ihre Anhänger und Gönner haben, so unverblüht wie ungerührt wie unversehens bekannt: Hoch lebe dieser Heilige! Schließe dich dem unverhohlens an! Der vor Liebe zu dir kranke Christus wird es dir einstens strengstens vergelten!

Es ist uns gelungen! Durch Überschatten des Heiligen Geistes wie auch durch die Kraft des Allerhöchsten und Friedensfürsten. Darum wird das Heilige, was daraus geboren werden soll, Emanuel oder auch Wirsching genannt (s. Luk. 1 usw.). So daß es am 4.März ganz rechtens heißt:

„Alle Tage
Sing und sag
Lob der Himmelskönigin!
Ihre Feste

Ehr' aufs beste,
Ehre sie mit Demuthssinn.
Ihr vertraue
auf sie baue,
Daß sie dich von Schuld befrei',
Und im Streite
Dir zur Seite
Wider alle Feinde sei'."

Und dergleichen mehr.

Die Hölle freilich konnte solchen Erfolgen der heiligen oder immerhin schon gottseligen Christen gegenüber nicht unthätig und neidlos zusehen. Und also verfügte Er, Magister Satan, sich unverweilt und sogar eilfertig ins Fegfeuer, um dort nach dem rechten zu sehen und möglichst gründlich aufzuräumen und also letzten Endes doch noch sein Heu heimzubringen, ehe der Ofen aus und alles schon zu späth sei. Auch wenn wir gleichzeitig des Origines (in der Folge von Plotin u.m.a.) Meinung hier keineswegs übernehmen und unterschreiben, auch der Teufel (Fledermaus) könne schließlich erlöst werden. Was nicht gar. Wir sagen dazu noch einmal: Nein, das denn nun bei aller uns bekannten Gottesliebe doch wohl nicht! Nein, beileibe nicht! Nein, niemals, nimmermehr (No, Sir)!

Usw., usf.

Des hl. Anselmus zu gedenken

Das Fasten ist Gott sehr wohlgefällig, und der Hochgebenedeiteste erfreut sich dessen, weil es auch uns überaus heilsam und demütigend ist in diesen Tagen heutzutagiger Gottvergessenheit, in welchen Mag. Satan im Verbund mit dem gottverhaßten Kaiser Nero abermals und oftmals zu seinem Vorteil sich erfrecht.

So wie einstens die gottselige Jungfrau von niemand anderem als vom heiligen Geist überschattet war, so versuchte später Papst Wiedehopf im Verein mit dem Hl. Casimir (gest. 1484), einem ehedemen Katechemen und später regulären Kanonikus, zur Erhaltung der immer noch fortwährenden Jungfräulichkeit die immerwährende Leiche aus dem Grab zu hebeln. Es kam aber nicht viel dabei heraus.

Die Reinlichkeit Gottes wird bezeugt durch den Sohn, den Geist und den Hl. Anselmus, i.A. Herr Pföderl, Mesner.

Das Fegefeuer andererseits, merk auf, ist von furchtbarer Schönheit, indem seine Flammen uns beleuchten, willsagen Gottes wunderbare Heiligkeit und Gerechtigkeit, die bis auf den letzten Heller für verzeihliche Vergehen und läßliche Sündhaftigkeiten bezahlt sein will von Seelen, die wo Er so innig liebt und die er wie Anselmus ohne viel Federles in den Himmel aufzunehmen er sich klammheimlich, aber sehnlichst wünscht. Die Zahl der Fegefeuerbewohner ist deshalb zum Erstaunen groß und das Übermaß ihrer Leiden vermag keine Vorstellung und kein Gedanke erreichen. Alle Heiligen und fast sämtliche Kirchenlehrer stimmen stärkstens überein in der Ansicht, daß alle Schmerzen, die als vestigia Dei im hiesigen Jammertale erlitten werden, nur ein Schatten sind im Vergleich mit den Schmerzen, welche die Seelen im Fegefeuer erdulden und zu erdulden haben, sehr lange zu erdulden haben, entsetzlicher als im herkömmlichen Trübsinn des katholischen Erdenseins und als alle Foltern und Qualen, welche die Grausamkeit der zehn Kaiser des heidnischen Rom und ihrer Henkersknechte an uns Christen, au sakra, ersonnen und ausgeklügelt haben tut.

Darum hüte dich so wie der hl. Anselmus!

Zur Kyrillos-Frage

Warum, wieso, weshalb man päpstlicherseits einen Kyrillos von Alexandrien geflissentlich zum Heiligen gemacht hat, nicht aber einen Boëthius (480 – 524), das gilt in manchen Kreisen bis zum heutigen Tage als schwer-, ja praktisch unverständlich.

Wenn du aber guten Gewissens fragst, weswegen Christus erst oder schon am 3.Tage wiederauferstanden ist, so wisse: „Christus wollte nicht länger als drei Tage tot sein und auch fortan niemals mehr sterben“ (Legenda Aurea, Ed. 2003, p.109).

Über die Haarfarbe

Der Zorn der Beschuhten auf die Unbeschuhten gründet in deren Leib, gebildet aus Lehm und anderem Ungeziefer im Rahmen u. Fortgang des allg. Geißlertums. Dagegen der damalige Haß und verargende Ingrimm der falschen Götzenpriester und noch anderer soweit bekannter Christenhasser richtete sich im Zuge auch noch sehr anderweitiger Ungehörigkeiten einstmals auch gegen so mancherlei Christinnen wie Ursula und ihre zuhöchst jungfräulichen Gefährtinnen ohne Zahl, nach welchen sogar Gott oftmals recht herzlich gerne aussah und fast lasterhaft hinspähte.

Derselbe Gotth, der theure Herrh, berichtet uns auch hinreichend über die Haarfarbe Marias. Diese hatte nämlich rötlichblondes Haar über der sonstigen jungfräulichen Reinigkeit des ihm, dem Herrn, geweihten Leibes, welcher auch sonst im Vereine mit dem ihm anvertrauten und gehörigen Unterleib unter mancherlei Frohlocken der zartesten Aufmerksamkeit Gottes, des ehrenvollen Höchsten, diesem allezeit untertänig sich dabei immerfort und immerdar sehr empfahl. Man beherzige hiezu alle Worte und Einlassungen des seligen Herrn Bischof Konrad Martin aus dem fernen Paderborn.

Göttweih u.a.

Wider Abtrünnige und Schmeichler und höchlich Bösartiggesonnene und -gesinnte sowie gegen glaubensverweigernde Verleumder der allerseligsten Jungfrau in ihrem treuherzigsten Gottvertrauen setzte sich Gott, der Allerhöchste, seinerzeit eingedenk all der Verstockten und sonstwie Saumseligen zur Wehr und in der Folge stärkstens für die Wiederbelebung der sattsamen sodalischen Sittlichkeit im herrlichen Kloster Göttweih (am Donauufer kurz vor Melk) ein.

Verständlich, ja voraussehbar, daß der Fürst der Welt dagegen wie gewohnt geiferte; eifern aber wollen wir nun gerade darwider gemäß den Worten des Landpflegers Pontius Pilatus, welcher zu seiner Zeit ein sorglicher Gastmeister auch war. Die falschen Götter (genannt auch „Teufel"), Pharisäer, Pelagianer, Donatisten, Priscillianer, Schriftgelehrte, Hugenotten, Stinkstiefel und sonst. Gesindel und gesetzloses Geraffel jedoch gaben noch immer nicht nach und beleidigten und beschmutzten weiterhin unsere allerholdeste und holdseligste Jungfrau Maria.

Und so was läßt sich Gott als die „leitende Ursache" (Dr. E. Gutberlet, 1887, S. 259) also so ohne weiteres gefallen, he? Nein und abernein. Sondern nein, der Höchste, also Gott (o wie macht allein dieser sein Name zittern!),

Gott also, der Erlauchte, Unser Aller Jedes Und Alles, straft auch, was er haßt (s. Psalm 5 usw.) und fertigt es früher oder später ab. Ja, schauerlich ist dann das Heulen und Zähneknirschen der Verdammten in ihrem unreinen Gewühle oder doch Gefühle; ein Heulen und Knirschen und Schnattern und zeterndes Zähneklappern, welches aber eine ganze Ewigkeit andauern wird.

Dessen lacht der Herr erst recht.

Alles Weitere ist ohne alle Bedeutung.

Die heilige Blandina S.J.

Die heilige Blandina (gest. 177 p. Chr.) lebte dereinstens als vorschriftsmäßige Christin sehr abgetöd- tet, genau nach den Vorschriften der Alten und in steter unverrücklicher Vertraulichkeit mit Gott. Nicht war sie dem darüber verdrossenen Teufel wohlgefällig und willfährig, sondern blieb vielmehr verstockt gegen seine Einflüsterungen und Quengeleien und auch das Übel der Hauptsünden, die da bloß zum Mißfallen Gottes dienen, des theuren Herrn.

Wider die häßliche Schule der Schlemmer, der Betrüger und Betrugsanhänger erhob Blandina früh ihr Haupt; ihr sehnlichster Wunsch aber war gleichwohl, immerzu qualvoll anstelle von Jesus (Christus, auch Logos) zu leiden und Gott, unserem christkatholischen Vater, zur angenehmen Aufopferung zugunsten der Reinigkeit ihres Leibes streng zu willfahren und sodann möglichst bald unterzugehen. Es gefiel Gott in der bewährten Tradition des Abraham vorm. Melchisedek, ihr darin zu willfahren und den geheimen Wunsch zu erfüllen und jene zu entlohnen durch den heftigen und immer heftigeren Wunschbegehr der Sehnsucht nach Leiden. Und sie endlich eines hocherbaulichen Tages auch dahinsterben zu lassen.

Gott aber lacht auch fortan seiner Feinde.

Das eitle Vergnügen des Zusammenwirkens mit einem Manne mied Blandina so klug wie umsichtig, Gott zur nochmals vermehrten Vertraulichkeit mit ihm und zu seinem Vorteil; um endlich so auch dessen demüthige Herablassung zu gewinnen, auf daß der Herr Jesus so bewegt wurde, daß Er sich ganz erfreut von seinem Kreuz herabneigte, Blandina umarmte und ihr die Wunde an seiner Seite zeigte und offenbarte. Und so den Bund mit Jesus Christus und Millionen und Abermillionen Märtyrern befestigte. Auch dies machte den Teufel voller Verdruß, war indessen Gott angenehm und über die Maßen „wohlgefällig" (Pater Lorenz Straßer, Ensdorf, Post Amberg). Mit Blandina im Bund und Verbunde schätzte Gott sich glücklich inmitten seines biblisch sehr gut bezeugten Nachmittagslüftchens, in welchem er, nicht faul, das Paradies durchstreifte, um nach Adam zu schauen (Adam, wo bist du?). Unreinen und unstatthaften Gefühlen entsagte Blandina auch fernerhin. Gestärkte Gottesinnigkeit dankte ihr dieses ihr Vermächtnis. Denn siehe, die Ewigkeit ist nicht lang genug, Gott zu dienen und ihm wohlzutun.

In seliger Erinnerung der Geschehnisse am Berg Tabor 33 n. Chr. empfing sodann auch Blandina das lauschige Abendlüftchen sehr schöner Engelschöre zum Augen- wie zum gehörigen Ohrenschmause.

Denn siehe abermals: Zion streckt ihre Hände aus (Lam. Jer. 1,17 oder wo). Voller Huld und ohne Graus.

Vielerlei Heilige

Eine Frage an dich: Willst du nicht auch so heilig werden? Wie zum Beispiel der Wanderbischof Emmeram oder wie der hl. Eberhard, Erzbischof v. Salzburg (gest. 1164, aber schon 1125 Mönch in Regensburg-Prüfening). Geboren allerdings wurde jener fromme Eberhard bereits 1085 zu Nürnberg aus dem Geschlechte der Grafen von Hilpoltstein. Sei also in Zukunft auf der Hut und gesinnt wie Jesus, dann wird es vielleicht auch mit dir schon noch was werden.

Wenig bekannt ist von der Hl. Dorothea.

Man scheue aber gerade heute nicht davor zurück, bestimmte Wunder und Wundertaten gleich mehreren Heiligen zuzubilligen. Ein jedermann überzeugendes Beispiel ist der heilige Dionysius, welcher nach seiner grausigen Enthauptung seinen Kopf unter den Arm nahm und damit noch ein paar Schritte ging und sogar teilweise lief. Praktisch dasselbe erzählt man sich da und dort vom heiligen Alban aus Mainz und sowohl als vom heiligen Gaudentius auch.

Der heilige Franz von Assisi dagegen predigte göttlich entfacht nicht allein erfolgreich den Vögeln, sondern nahm auch noch den Wolf von Gubbio, nachdem er ihn gezähmt hatte, in seine Dienste. Dagegen den Fischen predigte kein geringerer als der gut erhaltene u. uns noch gut erinnerliche Antonius von Padua. Fotznsacklschrumpelzwicksau.

Wir stehen heutzutage (o der Freude!) vor dem Thron Mariä, der allerseligsten Jungfrau und Königin aller Heiligen und Immen, ihre Glorie ist unbeschreiblich groß. Die Dankbarkeit ihres göttlichen Sohnes für seine schmerzhafte Mutter prangt entsprechend. Beseligend lächelnd erscheint uns Heutigen die meist sehr wohlriechende Maria und uns immerfort den seligen Sohn erzeigend, und dann aber auch ebenso ihren ersten (aber da gehen die Meinungen auseinander) Adoptivsohn, der da uns heißt Johannes der Täufer, genannt dann und wann auch „der Blutsverwandte"; er scheint, wie es damals zuzeiten hieß, sogar aus kanaanäischem Geschlechte und heiliger zu sein als selbst noch der Hl. Joseph (Vater des Erlösers) und sogar als Simon von Cyrene. Joseph von Arimathäa stehe einstweilen außen vor. Judas, der Jünger einer, kommt nicht in Betracht.

Seit ewig gefällt es Gott sehr gut in seinem Gefängnis traut, dem hl. Tabernakel (gemeint: Jesus selber), in welchem Du ihn allerdings gar zu oft allein läßt, ohne daß Du ihn hinreichend besuchtest bzw. besuchen kämst.

Allein merke: Nemo contra Deum nisi Deus ipse.

Gott selber aber heiße uns ab sofort und hinfort und wider alle eventuelle u. strukturelle Anfechtung in der vatikanisch reformierten Lautfolge aus dem Munde von Karol Woityla: „Pfreppft".

Die hl. Elisabeth (Luther)

Unser steter und stetiger katholischer Kampf richte sich zumal wider den ungarischen Zauberer Klingsor und andere Widerchristen und widerborstige Zeloten, die da zu ungunsten Gottes und unserer angestammten heiligmäßigen Zisterzienser und seligmachenden Kreuzfahrer gegen unsere Christenheit tätig waren und es noch immer da u. dort sind.

Was Wunder, daß die ursprüngl. ungarische Elisabeth von Thüringen schon alsbald (1235) von Papst Gregor bedenkenlos heiliggesprochen wurde und ward. Der arge Luther seinerseits, obwohl in Eisleben geboren, vergaß früh des Angedenkens der ebendort rührigen heiligen Gertraud der Großen und auch ihrer dort lagernden legendären Gebeine. Der um 1517 herum und auch noch späterhin als gelernter Augustinermönch die Leidenschaften der Menschen zum Hasse auf die katholische (gemeint: christkatholische) Kirche aufreizte und dabei sogar das eitle Vergnügen des mehrmaligen Geschlechtertreibens pro Woche nicht genug grundsätzlich verdammte noch verhehlte, es verriet Jener bei aller scheinhaften und scheinheiligen Vertraulichkeit mit dem Höchsten eben gerade diesen! Samt dem zugehörigen Glauben. Heute schätzt Gott sich glücklich, D. Martin Luther, dieser Sau, gehörig eingeheizt und heimgeleuchtet und sie sodann baldigst abgefertigt zu haben.

Die Ewigkeit ist nicht lang genug darzutun, wie jener Luther gefehlt und trotz Jesusens demütiger Herablassung schleunigst in die Hölle (Inferno) gehört. Manche meinen freilich, daß, so wie der hl. Martin einst dem darüber besonders verkniffen lächelnden Teufel selber vergab (649 n. Chr.) und aber gleichwohl sämtliche Ketzer und Hunnen und Goten und Langobarden und Häretiker hartnäckig verdammte, Gott, unser Vorsteher, einst auch Martin Luther so manches nachsehen wolle und auch werde. Diese Meinung weisen wir unsererseits allerdings sofort u. unverweilt und ohne zu zögern zurück. Gottes angenehme und uns sehr wohlgefällige Aufopferung seines Sohnes mit der baldigen Folge von ca. 1,5 Millionen Märtyrern und auch der vermeintlich unschuldigen Kinder (28.12.), die da schon im zarten Alter und eigentlich ohne besondere Verdienste zur Märtyrerkrone sich aufschwingen durften, um sodann stracks wieder in den Schoß Abrahams und seinen Wurstkessel (Volksmund) zurückversetzt zu werden dürfen oder auch zurückversetzt werden zu dürfen nicht anstehen, – gilt diese wonnige Güte Gottes nicht auch für den Schlawiner aus Eisleben? Den noch immer umtriebigen und zuweilen allerdings sogar ein Bein nachschleppenden! Fragt sich mit anderen Worten hierzu: Soll die Güte Christi hinter der Grausamkeit des gottlosen Kindermörders Herodes zurückstehen? Und Christus sollte also, so ist mit Amtmann Kowar zu fragen, diejenigen nicht krönen können wollen, die da doch Seinetwillen gestorben und noch als Kleinserl alsbald hinweggeschieden sind und hinabgestiegen zu der Hölle?

So ist also der Tod wie einstens dem heiligen Franz Caracciolo (Ordensstifter zugunsten eines gewissen Priestervereins) eine große Freude, die ihm allerdings Gott vorher zu seinen eigenen Gunsten freimütig geopfert oder jedenfalls geoffenbart hatte und alle jene boshaften Vorwürfe und ungerechtfertigten Beschimpfungen zurückweist, welche Franz (Caracciolo) vorher und vormals oftmals getroffen.

Wie ehedem, 9. März 4004 v. Chr., 8 Uhr früh, bei der Erschaffung der Welt oder immerhin schon bald darnach Abrahams oder jedenfalls doch Adams, der, obschon sich verbergend in einem Schlupfwinkel, Gott im Nachmittagslüftchen daherkommen hörte und alsbald rufen hören mußte: "Adam, wo bist du?" (so wie auch später H. Böll), so vermagst auch du dich vor Gott Sebaoth kaum zu verstecken und jenem entwischen. Gleichmütigen Wesens haßt Gott voller Zorn alle Sünder und lacht ihrer des öfteren auch unreinen Gefühle. So wie auch der heilige Hilarius voller Gottesinnigkeit jenen gut kannte und hochschätzte, ehe er dann auch noch eines herrlichen und hocherbaulichen Todes sterben durfte, so ganz ähnlich auch auf ihre Weise die selige Emma (auch Hemma) von Gurk nahe Klagenfurt. Was Gott gleichfalls sehr gefiel:

daß Christus, sein Sohn, selber noch so manche Kapellen weihen konnte; so z.B. die von Kloster Meinradszell. Und vielleicht auch die Asphaltkapelle bei Etsdorf.

Insgesamt war Luther Gott ein Greuel. Und umgekehrt.

Elisa(beth) jedoch hat aber gleichwohl gar nichts mit Elias (s. dort) zu tun und schaffen. Obwohl mit 14 Jahren schon verheiratet, war sie mit 20 bereits wieder brav Witwe. Und starb dann auch mit 24 Jahren, dabei allzeit süß duftend. Bis zur Heiligsprechung 1235 n. Chr.

273 Tage währt, dem wahren astronomischen Rhythmus folgend, von Vollmond zu Vollmond der weibliche Zyklus. Ist es da noch verwunderlich, daß der absolute Nullpunkt als die größte Kälte des gesamten Universums minus 273 Grad Celsius beträgt? Weil wider alle anfechtenden Stimmen merke und präg's dir gut ein: „Unser letztes von Gott gestecktes Ziel ist Gott" (Gutberlet, a.a.O., S. 294).

Nie und nimmer weicht dieser davon ab und zurück.

Im übrigen ist es kein Wunder, daß die sog. Evang. Kirche noch niemals, selbst nicht seit 1517 auch nur einen einzigen Heiligen zuwege und hervorgebracht hat …

Johannes, Täufer

Der heilige Johannes (gemeint Gottes Huld und Gnade) war so voller Frömmigkeit ohne jede Hinfälligkeit noch Hinterhältigkeit und so voll des lieblichsten Wohlgeruchs auch mit dem ferneren Ziele des ewigen Friedens und sodann auch so voller höchster Seelenreinlichkeit, einwandfreien Charakters und sogar tüchtig in allerlei Kriegsdingen, daß man ihn zuerst und dann zuzeiten und immer wieder mal für den eigentlichen und von Jesaja angekündigten Messias selber hielt und auch halten durfte.

Wie aber steht es mit dir, liebe katholische Seele? Wird dir zu deinem endlichen Lohn und zu deiner anhaltenden Beruhigung einst nach Verdienst auch zuverlässig vergolten werden?

Darum tust du gut daran, gegen die Dürftigen und Bedürftigen und aber auch hinsichtlich der Abtrünnigen (Apostaten, Schweinigel usf.) das Deine zu tun und zu verrichten; all dies (s. auch bei Hegesippus) unter gewissenhafter Erfüllung deiner Amtspflichten gegen den heiligen und seligen Gott.

Dann aber sei dir und deinesgleichen demütige Fürbitte gewährt. Man spricht hier mitunter von der Konstantinischen Stiftung. Korrekt muß es heißen: Konstantinische Schenkung. Das nur ist billig, heilsam und gerecht.

Hl. Lüfthildis

Es war dies aber eine Einsiedlerin vornehmer Herkunft, die da im 8. oder auch 9. Jahrhundert auf dem Lüftelberg bei Meckenheim lebte und insofern bei Cäsarius von Heisterbach um 1220 Erwähnung findet. Ihre Lebensbeschreibung tauchte aber erst 1607 auf. Sie erschien zu ihrer Zeit im modischen Kleid, Umwurf und Kopftuch sowie unbeschadet dessen, aber hallo, auch mit einem Rosenkranz in der Rechten. Zuständig ist sie für die Fürbitte bei Kopf- und Ohrleiden. Sie selber starb dann bei guter Gelegenheit und ward sofort unverrückbar ins Reich aufgenommen.

Auch das noch!

So unzählige Legenden, Wunder und sonst. Märlein sich um das Leben des heiligen Nikolaus (270 – 342) ranken, so wurde er doch gleichwohl nie heiliggesprochen. Höchstwahrscheinlich hat es ihn überhaupt nicht gegeben.

Die Christenheit feiert seinen Ehrentag am 6. Dez.

Wohl dem, der, wie Isidor empfiehlt, um ihn nach allen Regeln der Kunst zu ködern, den Teufel leerlaufen läßt und gleichzeitig den Herrn fürchtet.

Die sieben Schläfer

Während unter Decius wieder einmal wie gewohnt die Christen verfolgt wurden, kam der Kaiser eines Tages auch nach Ephesus, wo er einen großen Tempel errichten ließ, um dort von allen gemeinsam den Götzen opfern zu lassen. Die gefangenen Christen sollten da auch mittun und, wie üblich, dem Christentum abschwören oder dergleichen.

Sieben Christen mit Namen der Reihe nach Maximinian, Malchus, Macian, Dionysius, Johannes, Serapion und Konstantin taten da aber nicht mit und beschlossen, um derart vielleicht die Krone des Martyriums zu gewinnen, sich zurückzuziehen, auszuharren und insgesamt erst einmal abzuwarten.

Unterdessen hatte der verbissene und immer verbissenerer werdende Decius befohlen, die 7 erst recht ausfindig zu machen und sich ihrer zu versichern; die Christen aber, abhold allen Götzenopfern, hielten sich gut versteckt, harrten weiter aus und tarnten sich kümmerlich genug mit der Kleidung und dem Gehabe der Bettler. Und nur einer ging immer in die Stadt, Besorgungen zu machen. Über all das gerieten sie freilich in Sorge, und als ihnen einst Malchus das Brot auftischte, um sie für den bevorstehenden Kampf zu rüsten, derweil saßen sie bekümmert beim

Mahl und berieten sich unter Tränen. Da aber bemächtigte sich ihrer plötzlich eine unbezähmbare Müdigkeit und sie schliefen ganz unbefangen ein, wie es Gottes Wille war. Und waren nirgendwo zu finden und ausfindig zu machen.

Diese sieben Heiligen schliefen aber nicht 372 Jahre, wie da und dort nach anderer Zählung fälschlich berichtet wird. Sondern (s. Legenda Aurea, 2008, S. 180 ff.) standen im Jahr des Herrn 448 wieder auf. Somit hatte der Schlaf der Sieben lediglich akkurat 196 Jahre gewährt.

Ueber den Geist der heiligen Gertrud

Der gelehrte und gotterleuchtete Sohn des hl. Philipp Neri, W. Faber, stellt in seinem herrlichen Grundlagenbüchlein „Alles über Jesus“ jene fast neben diesen. Die heilige Gertrud die Große (Aebtissin) opferte kraft Tilgung alle ihre Handlungen der gegenseitigen Liebe der drei göttlichen Personen und also mithin der allerheiligsten Dreifaltigkeit, ja, eben dieser. Ein anderes ihrer Opfer zur endgültigen Beugung Satans war ganz den erheblichen Leiden des eingeborenen Sohnes gewidmet, dessen, der da, dürftig auf Stroh gebettet, in der Krippe die ersten Thränlein weinte, um dieses Weinen, am Kreuze hangend und endlich das Haupt neigend, später nochmals und dann in einem fort zu wiederholen. Gleiches gilt dann auch seitens von Gertrud, der leiblichen Schwester von Mechtild (beide von Hackeborn bei Eisleben zu Sachsen), zugunsten des seligen Kokolores i.A. des heil. Geistes.

All diese Gottvater angenehmen und auch dem eingeborenen Sohn willfährigen und wohlgefälligen Aufopferungen erlaubten Gertrud späterzu einen entsprechend herrlichen und hocherbaulichen Tod in Jesus. Womit, Gott zum Augenschmaus, schließlich auch die ewige Seligkeit „gewährleistet“ (H.H.Jaeger) sein müßte.

Johannes von Gott

Er ließ es sich gesagt sein, war ein großer Ordensstifter und wurde also bereits 1690 von Pfarrer Siebzehnriebl, Mimbach-Mausdorf, kanonisiert. Die Barmherzigen Brüder waren sein Werk. Bei diesen in Regensburg verschied stöhnend und aber doch gut versehen mit allen Sakramenten unversehens am 3.Okt.1988 kein mindererer als Fr. J. Strauß.

Der heilige Nilus

Dieser gehört zur Gruppe der uns weniger geläufigen Heiligen, obschon oder vielleicht auch obzwar er um 998 ein von allen gefeierter Eremit war und den dortmals unrechtmäßig verstückelten Papst oder auch ggf. Gegenpapst Philagathos in sein Kloster mitnehmen wollte und daraufhin, den schon fast greisen Leib ganz und gar von Würmern zerfressen, auch noch den wortbrüchigen Kaiser Otto zu verfluchen sich ergiebig zeigte.

Dieser hl. Nilus ist nicht zu verwechseln mit dem bekannten SPD-Pressesprecher Nilius, einem Untergebenen Bj. Engholms im Zusammenhang der Kieler Barschelmachenschaften 1987 ff. Zwielichtige Kräfte drängten alsbald auf seine, Niliusens, Heilig- oder zumindest Seligsprechung. Nur gut, daß Gott da nicht mitmachte.

„Denn seht, ich mache alle Dinge neu!“

Bravo, Leo!

Eines schönen Tags ging Papst Leo d. Große (gest. 461 vor oder auch vielleicht vielmehr nachdem, je nachdem) spazieren und sprach zu seinen Leuten: „Unter der Menschwerdung Christi verstehen wir die Aufnahme der menschlichen Natur von Seiten des Logos i.e. des Sohnes unseres Gottes in die Einheit seiner göttlichkeitlichen Person. Dieser Logos aber ist Christus (auch genannt: Jesus) selber, der Welterlöser, also der Erlöser der gesamten Welt, wie sie damals und heute erst recht bereits bekannt war bzw. ist. Die heilige Mutter Kirche freilich hält voller Zustimmung und sogar Wohlgefallen unverrückbar fest an den beiden Naturen, daß derselbe Christus (auch: Christos, nicht aber Christophorus!) als der eingeborene Sohn Gottes und aber als auch der Menschensohn geglaubt wird oder genauer gesagt: werde. Denn das Eine ohne das Andere ist nicht möglich und auch ganz unnütz zum Heile, und der Irrtum ist gleich gefährlich zu glauben, daß unser Herr Jesus Christlein nur Gott sei, ohne zugleich auch Mensch zu sein und schon früher mal, um Christi Geburt herum, gewesen zu sein, ehe er wieder es wird. So weidlich als eidlich sei uns deshalb der ewig süße Name Jesus weihlich in unsere gesamten Herzen eingegraben, geschmeidigst geschmiedet und dann auch tunlich eingeräumt!“

Soweit Leo. Bedenke es wohl, o Christ, verdemütige dich auch weiterhin und glaube uns wenn möglich auch dies: In der vordersten Reihe der Heiligen Väter (auch:Pontifexe) steht unbehelligt der hl. Leo. Voller herrlicher Verheißung, voller abgetödteter Triebe und sowie auch gleichzeitig voll des „außerordentlich erquicklichen“ (v. Wrangel) Wohlgedünstes prangt jener Leo in seiner wohlfährtigen Reinigkeit. Möge er auch künftig unser hoher Fürbitter sein, aufdaß wir die Sache mit freudiger Anbetung immer und allzeit gut festhalten.

Ergänze:

Wider die Geißel Gottes sowie die betrüblich nachhaltige Entsittlichung und zumal stark artfremde Verwilderung (s. unter Bedf.-Strohm) der ansonsten soweit noch immer grundkatholischen Geistlichkeit stehe heute gleichfalls und ohne Unterlaß jener Papst Leo ein, in seiner Folge aber auch so mancher Pius, Urban, Johannes, Johannes Paul (sog. „Woityla“); Benedikt Ratzinger und ab jetzt halt Papst Franz.

O.A.M.D.G.

Postscriptum:

„...daß die Welt viel zu wahnfrei sei."
(Robert Musil, Der Mann ohne Eigenschaften, 1930/33, Ed. 1952, S.921)

„Wenn unser Gehirn so simpel wäre, daß wir es verstehen könnten, wären wir so simpel, daß wir es nicht könnten."
(Emerson Puigh, 1989)

„Gott muß allein auf sich Rücksicht nehmen."
(Dr. E. Gutberlet, Von der Religion überhaupt, Münster 1903, S.283)